Quand vient la nuit

Du même auteur
chez le même éditeur

Série Kenzie et Gennaro :

Un dernier verre avant la guerre
Ténèbres, prenez-moi la main
Sacré
Gone, Baby, Gone
Prières pour la pluie
Moonlight Mile

Mystic River
Shutter Island
Coronado
Un pays à l'aube
Boston noir (anthologie sous la direction de D. Lehane)
Ils vivent la nuit
Ce monde disparu

Dennis Lehane

Quand vient la nuit

Traduit de l'anglais (États-Unis)
par Isabelle Maillet

Collection dirigée
par François Guérif

Rivages/noir

Retrouvez l'ensemble des parutions
des Éditions Payot & Rivages sur

payot-rivages.fr

Titre original : *The Drop*

Published by arrangement with William Morrow, an imprint of Harper Collins Publishers.

À Tom et Sarah,
une vraie histoire d'amour

Meanwhile, « Black sheep ! Black sheep ! » we cry,
Safe in the inner fold ;
And maybe they hear, and wonder why,
And marvel, out in the cold.[1]

Richard Burton, « Black Sheep »

---

1. « Moutons noirs, moutons noirs ! » crions-nous entre-temps,
Bien à l'abri au sein du troupeau ;
Et peut-être nous entendent-ils, et se posent-ils des questions,
Et s'émerveillent-ils, là-bas dans le froid.

1

Animal en péril

Le chien, Bob le trouva deux jours après Noël, alors que tout le quartier sommeillait dans le froid sous l'effet combiné de la gueule de bois et d'une bonne crise de foie. Il venait de quitter son service – seize heures, deux heures du matin – au Cousin Marv, dans les Flats, où il tenait le bar depuis près de deux décennies. La soirée avait été calme. Millie, assise comme d'habitude sur son tabouret à l'angle du comptoir, sirotait un Tom Collins en parlant dans sa barbe ou en feignant de regarder la télé – tout pour retarder le moment où elle serait obligée de rentrer à la maison de retraite dans Edison Green. Le cousin Marv lui-même avait fait une apparition et traîné un moment dans la salle. À l'en croire, il devait s'occuper des comptes, mais il avait passé l'essentiel de son temps sur la banquette du fond, à lire les pronostics des courses hippiques et à échanger des textos avec sa sœur Dottie.

Ils auraient probablement fermé de bonne heure si les copains de Richie Whelan n'avaient pas réquisitionné l'autre extrémité du comptoir et porté toast sur toast à la mémoire de leur ami disparu, et présumé mort, depuis des lustres.

Dix ans plus tôt, jour pour jour, Richie Whelan avait quitté le Cousin Marv pour aller se réapprovisionner en shit ou en Quaalude (la question faisait toujours débat parmi ses anciennes connaissances), et n'avait plus jamais donné signe de vie. Il avait laissé derrière lui une petite amie qu'il ne voyait jamais et qui vivait avec sa mère dans le New Hampshire, et une voiture chez le mécano en attente d'un nouveau spoiler. C'était justement à cause d'elle qu'on le supposait mort : jamais il n'aurait abandonné cette foutue bagnole ; il en était raide dingue.

Rares étaient ceux qui l'appelaient par son nom. Tout le monde le surnommait « Jours de Gloire », vu qu'il n'arrêtait pas de la ramener sur l'année où il avait été quarterback dans l'équipe du lycée d'East Buckingham. Il avait conduit les joueurs à la victoire par 7 à 6, ce qui n'avait rien d'exceptionnel en soi, sauf si on consultait leurs scores avant et après.

Et c'est ainsi que les potes de Jours de Gloire, disparu et présumé mort depuis des lustres, se retrouvèrent au Cousin Marv ce soir-là – Sully, Donnie, Paul, Stevie, Sean et Jimmy – pour regarder les Celtics se faire traîner d'un bout à l'autre du terrain par les Heat. Bob leur apportait de son propre chef leur cinquième tournée, offerte par la maison, quand il se passa quelque chose pendant le match qui les amena tous à écarter les bras en signe de désespoir, et à crier ou à grogner.

« Bande de croulants ! lança Sean en direction de l'écran.

– Ils sont pas si vieux que ça, objecta Paul.

– Tu parles ! rugit Sean. Rondo vient de bloquer LeBron avec son putain de déambulateur ! Et l'autre, là… c'est quoi, son nom, déjà ? Ah oui, Bogans ! Il est sponsorisé par les couches Depend. »

Bob posa les verres devant Jimmy, le conducteur de bus.

« Qu'est-ce que t'en penses, toi ? » lui demanda ce dernier.

Embarrassé, Bob rougit, comme chaque fois qu'on le regardait droit dans les yeux, l'obligeant à faire de même. « Je sais pas, je suis pas branché basket.

– Et qu'est-ce qui te branche, Bob ? interrogea Sully, péagiste sur le Pike. T'aimes lire ? Regarder *The Bachelorette* ? Casser du SDF ? »

Tous les autres s'esclaffèrent, tandis que Bob esquissait un sourire contraint.

« Les verres, c'est cadeau », se borna-t-il à répondre.

Il s'éloigna en tâchant de ne pas écouter la suite de la conversation.

« J'ai vu des nanas – et pas des boudins, je peux vous dire – essayer de le draguer, et se prendre un vent, raconta Paul.

– Peut-être qu'il préfère les mecs, suggéra Sully.

– Je crois plutôt que ça l'intéresse pas. »

Sean, se rappelant brusquement ses bonnes manières, porta un toast à Bob, puis au cousin Marv.

« Merci, les gars. »

Marv, qui entre-temps était retourné derrière le bar, sur lequel il avait étalé son journal, sourit et leva son verre lui aussi, avant de se replonger dans sa lecture.

Les autres saisirent leurs boissons afin de trinquer.

« Bon, qui veut dire un mot pour Richie ? demanda Sean.

– À Richie "Jours de Gloire" Whelan, promo de 92 à East Bucky. Un sacré branleur, résuma Sully. Repose en paix. »

Un murmure d'approbation salua ses propos, et tous burent un coup. Marv s'approcha de Bob au moment où celui-ci plaçait les verres sales dans l'évier. Il replia son journal en indiquant de la tête le groupe à l'autre bout du comptoir.

« Tu leur as offert une tournée, Bob ?

– Ils rendent hommage à la mémoire d'un ami mort.

– Ça fait, quoi, dix ans qu'il est plus de ce monde, non ? » Marv haussa les épaules pour ajuster le tombé de la longue veste en cuir dont il ne se séparait jamais – une veste branchée au moment où les avions s'étaient crashés dans les tours jumelles de New York, et déjà démodée quand elles s'étaient effondrées. « Va bien falloir qu'un jour ils se décident à passer à autre chose, et à arrêter de picoler à l'œil sur le dos d'un macchabée. »

Sans un mot, Bob rinça un verre avant de le mettre au lave-vaisselle.

Le cousin Marv enfila ses gants, noua son écharpe, et survola du regard Millie, à l'autre extrémité du comptoir.

« C'est comme pour elle, on peut pas la laisser occuper un tabouret toute la nuit, et en plus lui faire cadeau de ses consommations. »

Bob plaça un autre verre dans le panier du haut. « Elle boit presque rien. »

Marv se pencha vers lui. « C'est quand, la dernière fois qu'elle a payé ? Sans compter que tu lui permets de fumer après minuit – inutile de nier, je le sais. C'est pas la soupe populaire, ici, Bob. C'est un bar. Alors elle règle sa note ce soir, ou elle fout plus les pieds chez nous tant qu'elle s'est pas acquittée de ses dettes.

– Y en a au moins pour cent dollars, précisa Bob à voix basse.

– Cent quarante, exactement. » Marv s'éloigna, marqua une pause à la porte et montra les décorations de Noël sur les fenêtres et au-dessus du comptoir. « Tu m'enlèves toutes ces merdes, d'accord ? On est le vingt-sept.

– Et Little Christmas, alors ? »

Marv le dévisagea un long moment. « Qu'est-ce que tu veux que je réponde à ça ? » Sur ces mots, il sortit.

Quand le match des Celtics s'acheva enfin, dans une atmosphère de soulagement comparable à celle qu'aurait pu susciter l'euthanasie charitable d'un membre éloigné de la famille, les copains de Richie Whelan quittèrent le bar à leur tour, laissant Bob seul avec Millie.

Pendant qu'il balayait, elle fut prise d'une violente quinte de toux – une toux grasse de fumeur, alimentée par une réserve de glaires apparemment inépuisable. Puis, alors que Bob la croyait sur le point de s'étouffer, elle se ressaisit.

Il poussa son balai jusqu'à elle. « Ça va, Millie ? »

Elle chassa la question d'un geste impatient. « On ne peut mieux. Je vais en reprendre un dernier. »

Bob retourna derrière le comptoir. Incapable de la regarder dans les yeux, il se concentra sur les dalles de caoutchouc noir à ses pieds. « Je vais devoir te le compter, murmura-t-il. Désolé.

Oh, et... Mill ? » Pour un peu, Bob se serait logé une balle dans le crâne tant il avait honte d'appartenir à l'espèce humaine. « Faut aussi que tu règles ton ardoise.

– Ah. »

Il ne releva pas les yeux tout de suite. « Ouais, je sais. »

Elle se pencha pour récupérer le sac de sport qu'elle apportait tous les soirs. « Bien sûr, bien sûr. T'as un commerce à faire tourner. Je comprends. »

Le sac était vieux, et le logo sur le côté presque effacé. Millie fourragea à l'intérieur, puis plaça sur le comptoir un dollar en billet et soixante-deux *cents* en pièces. Après avoir cherché encore un peu, elle sortit cette fois un cadre ancien qui ne comportait pas de photo. Elle le posa à côté de la monnaie.

« Il est en argent massif, précisa-t-elle. Il vient de chez Water Street Jewelers. Robert Kennedy avait acheté une montre à Ethel chez eux, Bob. Ça a de la valeur.

– T'y as pas mis de photo ? »

Elle consulta l'horloge au-dessus du comptoir. « Si, mais les couleurs ont passé.

– C'en était une de toi ? »

– Oui. Avec les gosses. »

Alors qu'elle replongeait dans son sac, Bob poussa un cendrier devant elle. Millie leva les yeux vers lui. Il aurait voulu lui tapoter la main pour la réconforter, lui signifier « T'en fais pas, t'es pas toute seule », mais il lui semblait que les gestes de ce genre étaient réservés à d'autres – aux acteurs dans les films, peut-être. Chaque fois qu'il essayait d'établir un lien plus personnel du même ordre, il se sentait terriblement gauche.

Pour finir, il lui prépara un nouveau cocktail.

Après l'avoir servie, il saisit le billet de un dollar et s'approcha de la caisse.

« Non, dit Millie. Prends plutôt le… »

Bob lui jeta un coup d'œil par-dessus son épaule. « Ça suffira. »

Il s'habillait au supermarché Target, où il s'offrait de nouveaux T-shirts, jeans et chemises de flanelle tous les deux ans ; il conduisait encore la Chevy Impala dont son père lui avait tendu les clés en 1983, et le compteur n'avait toujours pas atteint les cent cinquante mille kilomètres, parce qu'il n'allait jamais nulle part ; sa maison était payée depuis longtemps, et les impôts locaux n'allaient pas chercher loin, vu que, franchement, qui aurait eu envie de vivre dans ce coin-là ? Alors, s'il y avait bien une chose dont il ne manquait pas – ce qui en aurait d'ailleurs surpris plus d'un –, c'était de liquidités. Après avoir glissé le dollar dans le tiroir, il sortit de sa propre poche une liasse de coupures, en préleva sept de vingt dollars, et les ajouta au billet de Millie.

Quand il se retourna, elle avait déjà rangé pièces et cadre dans son sac de sport.

Elle but son cocktail pendant qu'il finissait de tout nettoyer. Il alla ensuite la rejoindre de l'autre côté du comptoir, où, toujours assise sur son tabouret, elle faisait s'entrechoquer les glaçons dans son verre.

« Little Christmas, ça te dit quelque chose ? demanda-t-il.

– Bien sûr ! C'est le six janvier.

– Plus personne s'en souvient.

– Pour ma génération, ça comptait.

– Pour celle de mon père aussi. »

La voix de Millie se teinta d'un soupçon d'apitoiement distrait. « Mais pas pour la tienne.

– Non, c'est vrai », admit Bob, avec l'impression que son cœur cognait contre ses côtes comme un oiseau piégé à l'intérieur de sa poitrine.

Millie tira une longue bouffée de sa cigarette, avant de souffler la fumée avec un plaisir évident. Elle toussa encore à plusieurs reprises, puis écrasa son mégot et enfila son manteau miteux. Bob lui ouvrit la porte. Dehors, les flocons voltigeaient dans la nuit.

« B'soir, Bob.

– Sois prudente, Millie. Attention au verglas. »

Cette année-là, dans les Flats, la collecte des ordures tombait le vingt-huit décembre, et les habitants avaient depuis longtemps sorti leurs poubelles. Sur le trajet jusque chez lui, Bob posait un regard à la fois amusé et consterné sur tout ce que les gens jetaient. Une foule de jouets déjà cassés. Quantité d'objets en parfait état de marche, mais dont on estimait qu'ils avaient fait leur temps : grille-pain, téléviseurs, fours à micro-ondes, chaînes hi-fi, vêtements, voitures, avions et énormes camions télécommandés qu'il aurait suffi de réparer à l'aide d'un peu de colle ou d'un bout de scotch… Ses voisins n'étaient pas riches, pourtant. Bob ne comptait plus le nombre de fois où il avait été réveillé la nuit par des querelles domestiques pour des questions d'argent, et il ne prêtait même plus attention à la multitude d'individus au visage défait qu'il croisait dans le métro le matin – les traits tirés par l'inquiétude, la page des Offres d'emplois serrée dans un poing moite. Il les voyait éplucher leurs coupons alimentaires quand il était dans la file d'attente au Cottage Market, ou encaisser le chèque de leur pension d'invalidité quand il patientait derrière eux à la banque. Certains jonglaient avec deux boulots, d'autres ne pouvaient se payer un loyer qu'avec l'aide de l'État, et quelques-uns venaient ruminer leurs soucis au Cousin Marv, les yeux perdus dans le vague, les doigts crispés sur l'anse de leur mug.

Malgré tout, ils consommaient. Ils accumulaient des montagnes de dettes, et, juste au moment où l'ensemble menaçait de s'écrouler sous son poids, ils y rajoutaient un salon acheté à crédit. Or, à leur besoin d'acquérir répondait un besoin de jeter au moins aussi impérieux, sinon plus. Aux yeux de Bob, ces monceaux de rebuts témoignaient d'une sorte de boulimie quasi irrépressible, qui revenait à chier de la nourriture qu'on n'aurait jamais dû avaler pour commencer.

Pour lui – qui était exclu y compris de ce rituel par la tare de la solitude, par son incapacité à susciter l'intérêt pour sa personne au-delà de cinq minutes de conversation sur la pluie et le beau temps –, ces promenades nocturnes étaient parfois l'occasion de céder au péché d'orgueil : il était fier de ne pas se laisser entraîner dans cette frénésie de consommation, de ne pas se sentir obligé d'acheter ce qu'on essayait de lui vendre à tout prix à la télé, à la radio, sur les affiches, dans les magazines et les journaux. De toute façon, il n'aurait jamais pu obtenir ainsi ce qu'il voulait, car tout ce qu'il voulait, c'était ne plus être seul. Il savait cependant que, sur ce plan-là, il n'y aurait pas de salut pour lui.

Il était désormais l'unique occupant de la maison où il avait grandi, et quand l'omniprésence des souvenirs, des odeurs familières et des canapés sombres avait menacé de l'étouffer, il avait bien essayé de lui échapper – en se rendant à des fêtes paroissiales, à des pique-niques associatifs, et même, une fois, à une soirée cauchemardesque organisée par un service de rencontres –, mais ses tentatives n'avaient fait qu'aviver ses blessures, l'obligeant ensuite à les panser pendant des semaines, l'amenant à se maudire pour avoir osé espérer. « Connerie d'espoir, murmurait-il parfois dans son salon. Putain de connerie d'espoir. »

Lequel continuait néanmoins de vivre en lui – discrètement, presque désespérément la plupart du temps. Un espoir sans espoir, se disait-il quelquefois, en s'autorisant un sourire qui lui valait des regards surpris dans le métro. Lui, le barman solitaire un peu bizarre. Serviable, toujours prêt à payer une tournée ou à donner un coup de main pour déblayer une allée enneigée – bien brave, sympa, mais tellement timide qu'il fallait le plus souvent se pencher pour entendre ce qu'il disait, tant et si bien qu'au bout d'un moment on finissait par lui adresser un hochement de tête poli, et par se tourner vers quelqu'un d'autre.

Bob n'ignorait pas ce que les gens racontaient sur lui – et comment aurait-il pu leur en vouloir ? Il était capable de prendre suffisamment de recul pour voir ce qu'ils voyaient : un loser-né, mal à l'aise en société, qui avait tendance à se laisser envahir par des tics nerveux, comme cligner trop souvent des yeux sans raison, ou pencher la tête de côté quand il rêvassait – le genre de raté qui, par comparaison, rehaussait un peu le prestige des autres losers.

« Il y a tant d'amour dans ton cœur… », lui avait dit le père Regan la fois où Bob avait fondu en larmes pendant la confession. Il l'avait ensuite emmené dans la sacristie, où ils avaient avalé quelques verres du pur malt que le prêtre rangeait sur l'étagère au-dessus de la patère où était suspendue sa soutane. « Je t'assure, Bob. C'est évident. Et je suis persuadé qu'un jour une femme généreuse, ayant foi en Dieu, s'en apercevra et ne sera que trop heureuse d'accueillir tout cet amour. »

Comment parler à l'homme de Dieu du monde des hommes ? Bob savait que les intentions du prêtre étaient louables, et qu'il avait raison en théorie. Mais l'expérience lui avait enseigné que, si les femmes percevaient bel et bien l'amour dans son cœur, elles l'auraient néanmoins préféré recouvert d'une enveloppe plus séduisante. Et puis, le problème ne venait pas seulement d'elles ; il venait aussi de lui, de sa peur de briser ce qui était fragile. Il se méfiait de ses réactions depuis des années.

Ce soir-là, il s'arrêta sur le trottoir, conscient du ciel d'encre au-dessus de sa tête et du froid dans ses doigts, et il ferma les yeux pour ne plus voir la nuit.

Il avait l'habitude. Oh oui, il avait l'habitude.

Tout allait bien.

Il était possible d'apprivoiser la solitude, du moment qu'on n'essayait pas de lui résister.

Bob avait toujours les paupières closes, quand il entendit quelque chose : une plainte faible, accompagnée de grattements assourdis et d'un bruit de ferraille plus sonore. Il ouvrit les yeux. À environ cinq mètres sur sa droite, une grosse poubelle métallique ronde, fermée par un épais couvercle, vacillait légèrement sous le halo jaune d'un réverbère, le fond raclant le trottoir. Il s'en approcha et perçut de nouveau la plainte à l'intérieur – celle d'une créature exténuée, à un souffle de rendre le dernier. Intrigué, il souleva le couvercle.

Il dut enlever divers rebuts pour l'atteindre : un four à micro-ondes privé de porte, et cinq annuaires des Pages jaunes, dont le plus vieux datait de 2005, empilés sur un tas de draps souillés et d'oreillers moisis. Le chien – peut-être de petite taille, ou alors un chiot – gisait tout au fond, et il ramena sa tête contre son ventre lorsque la lumière tomba sur lui. Les yeux réduits à deux fentes, il laissa échapper un gémissement à peine audible en se recroquevillant encore plus sur lui-même. Il était maigre à faire peur ; Bob distinguait ses côtes. Il vit aussi une grosse croûte de sang séché près d'une oreille. Pas de collier. L'animal était brun, avec un museau blanc et des pattes qui semblaient bien trop grosses par rapport à son corps.

Il poussa un glapissement aigu quand Bob, penché vers lui, l'attrapa par la peau du cou pour l'arracher à ses propres excréments. Bob n'était pas expert en races canines, loin s'en fallait, mais il lui parut évident qu'il s'agissait d'un boxer – un tout jeune, dont les grands yeux mordorés plongèrent dans les siens lorsqu'il le leva à la hauteur de son visage.

Quelque part, il en était sûr, deux personnes faisaient l'amour. Un homme et une femme étaient enlacés derrière l'une de ces fenêtres aux stores baissés, teintés d'orange par la lumière à l'intérieur, qui donnaient sur la rue. Bob sentait leur présence toute proche – deux êtres nus, bénis des dieux. Alors que lui était seul dans le froid, face à un chien à moitié mort qui le regardait. Le trottoir verglacé luisait comme du marbre poli, et le vent était du même gris sale que la neige fondue.

« Eh ! Je peux savoir ce que vous fabriquez ? »

Bob scruta le trottoir dans un sens, puis dans l'autre.

« Je suis là, sur les marches. Et c'est ma poubelle que vous fouillez. »

Elle se tenait à l'entrée du petit immeuble le plus proche de lui, dont elle avait éclairé le perron. Pieds nus, grelottante. Elle plongea la main dans la poche de son sweat-shirt à capuche et en sortit un paquet de cigarettes. Sans quitter Bob des yeux, elle en alluma une.

« J'ai trouvé un chien, expliqua-t-il en le lui montrant.

– Un quoi ?

– Un chien. Un chiot. Un boxer, je crois. »

Elle rejeta la fumée en toussant. « Qui irait mettre un chien dans une poubelle ?

– Bonne question. Il est blessé, il saigne. » Quand Bob avança d'un pas vers les marches, elle recula d'autant.

« Vous connaissez quelqu'un que je pourrais connaître ? » Une vraie fille de la ville, du genre à ne pas baisser la garde devant un étranger.

« Ben, je sais pas, répondit Bob. Francie Hedges, ça vous dit quelque chose ? »

Elle fit non de la tête. « Vous connaissez les Sullivan ? »

Ce n'était pas la question à poser – pas dans ce quartier, où il suffisait de secouer un arbre pour en faire dégringoler un Sullivan. Suivi en général par un pack de six. « J'en connais un paquet », répondit-il.

Cette discussion ne les mènerait nulle part, songea-t-il, et le chiot le regardait toujours, tremblant encore plus fort que la fille.

« Vous habitez la paroisse ? reprit-elle.

– Celle d'à côté. » Il inclina la tête vers la gauche. « Saint-Dom.

– Vous allez à la messe ?

– Presque tous les dimanches.

– Vous connaissez le père Pete, alors ?

– Pete Regan ? Oui, bien sûr. »

Elle tira de sa poche un téléphone portable. « C'est quoi, votre nom ?

– Bob. Bob Saginowski. »

Déjà, elle brandissait le mobile vers lui et le prenait en photo. Il ne s'en rendit compte qu'après coup, sinon il se serait au moins passé la main dans les cheveux.

Il patienta tandis qu'elle s'écartait de la lumière, le combiné plaqué contre une oreille, se bouchant l'autre d'un doigt. Bob reporta son attention sur le chien, qui le fixait de ses yeux étonnés, comme pour demander : « Comment j'ai atterri là ? » De l'index, Bob lui effleura la truffe. Le chiot ferma brièvement ses yeux immenses, et, l'espace d'un instant, Bob en perdit le souvenir de ses péchés.

La voix de la fille s'éleva dans l'obscurité. « La photo vient de partir, dit-elle. Je l'ai envoyée au père Pete et à six autres personnes. »

Bob se borna à scruter les ombres.

« Nadia, se présenta-t-elle en revenant dans la lumière. Amenez-le ici, Bob. »

Ils le lavèrent dans l'évier de Nadia, le séchèrent, puis le posèrent sur la table de la cuisine.

Nadia était toute menue. Une cicatrice rouge foncé, irrégulière, courait en travers de sa gorge, évoquant le sourire d'un clown ivre. Elle avait un visage lunaire, grêlé, et des petits yeux tombants. Des épaules aux contours mal définis, qui semblaient se dissoudre au niveau des bras. Des coudes semblables à des canettes de bière écrasées. Ses cheveux blonds, coupés au carré, lui revenaient souplement vers les joues. « C'est pas un boxer. » Son regard survola le visage de Bob avant de se porter vers le chiot sur la table. « C'est un American Staffordshire terrier. »

À son intonation, Bob devina qu'il était censé comprendre quelque chose, mais, ne sachant pas quoi, il préféra se taire.

Comme le silence entre eux se prolongeait, Nadia lui jeta de nouveau un rapide coup d'œil. « Un pitbull.

– Ça, un pitbull ? »

Elle confirma d'un signe de tête, puis continua de tamponner la blessure sur la tête de l'animal. On l'avait roué de coups, sans doute jusqu'à l'assommer, avait-elle dit. Le supposant mort, son tortionnaire avait voulu s'en débarrasser.

« Mais pourquoi ? » demanda Bob.

Les yeux ronds de Nadia s'arrondirent un peu plus. « Ben, parce que. » Elle haussa les épaules, sans cesser d'examiner le chiot. « J'ai bossé à la SPA, y a longtemps. Vous voyez le refuge, dans Shawmut Avenue ? J'étais assistante vétérinaire, avant de décider finalement que c'était pas pour moi. Ils posent tellement de problèmes, ces chiens-là…

– Comment ça ?

– On a un mal fou à les faire adopter. À leur trouver un foyer.

– Je connais rien aux chiens. J'en ai jamais eu. Je vis seul. J'étais juste en train de me promener, quand je suis passé près de cette poubelle, et… » Bob éprouva soudain le besoin désespéré de se justifier, de justifier sa vie. « Je suis pas… » Dehors, le vent soufflait toujours avec force dans les ténèbres, faisant trembler les vitres sur lesquelles s'écrasaient des gouttes de pluie, ou peut-être des grêlons. Nadia souleva la patte arrière gauche du chien – les trois autres étaient brunes, mais celle-là était blanche, avec des taches fauves –, et la laissa retomber brusquement comme si elle risquait d'attraper une maladie contagieuse. Elle reprit ensuite son inspection de la plaie à la tête, et se pencha pour mieux voir l'oreille droite. À cet instant seulement, Bob remarqua qu'il en manquait un petit bout.

« Bon, il s'en remettra, conclut-elle. Il va vous falloir une caisse, de la nourriture et toutes sortes de trucs.

– Non, non, vous ne comprenez pas... »

Elle inclina la tête de côté, l'air de dire qu'elle comprenait très bien, au contraire.

« Je peux pas le garder. Je l'ai trouvé, c'est tout. Je vais le rendre.

– À qui ? À celui qui l'a frappé et laissé pour mort ?

– Non, je pensais aux autorités.

– La SPA, alors. Là-bas, on accorde un délai de sept jours au propriétaire pour venir le récupérer. Après, il…

– Ce salopard a droit à une seconde chance ? »

Léger froncement de sourcils, suivi d'un hochement de tête. « S'il ne vient pas le chercher… » Nadia souleva l'oreille du chiot pour en scruter l'intérieur. « … y a toutes les chances pour ce que ce petit bonhomme soit proposé à l'adoption. Le problème, c'est que c'est difficile de les placer – les pitbulls, je veux dire. Alors, le plus souvent… » Elle regarda Bob droit dans les yeux. « On les pique. »

Il émanait d'elle une telle impression de tristesse, soudain, que Bob eut honte. Sans trop savoir comment, il avait causé de la peine à quelqu'un ; il avait lui-même engendré ce sentiment chez l'un de ses semblables. D'une manière ou d'une autre, il avait trahi cette fille. « Je…, commença-t-il. En fait, c'est juste que… »

Elle leva les yeux. « Oui ? »

Bob contempla le chiot qui, après une longue journée au fond d'une poubelle et la violence dont il avait été victime, avait du mal à garder les yeux ouverts. Au moins, il ne tremblait plus.

« Vous pouvez le prendre, si vous voulez,

proposa-t-il. Comme vous avez travaillé dans ce refuge, vous… »

Elle secoua la tête. « J'ai déjà assez de mal comme ça à m'occuper de moi. » Nouveau geste de dénégation. « J'ai trop de boulot. Des horaires de dingue. Imprévisibles.

– Vous pouvez me donner jusqu'à dimanche matin ? » Bob fut le premier surpris par la question. Il ne se rappelait pas l'avoir formulée ni même conçue dans son esprit.

Nadia le considéra d'un œil circonspect. « C'est pas des paroles en l'air, hein ? Parce que, je déconne pas, si vous me faites faux bond et qu'il est toujours là dimanche midi, je le refous dehors.

– Je serai là dimanche, affirma Bob, avec une force de conviction qu'il éprouvait réellement. Dimanche, promis.

– Sûr ?

– Sûr. » Bob se sentait grisé. Aussi léger que l'hostie du communiant. « Sûr. »

2

À l'infini

Du plus loin qu'il s'en souvienne, Bob n'avait jamais vu grand monde à la messe quotidienne de sept heures à Saint-Dominique. Mais, à présent, le nombre déjà restreint de fidèles diminuait de mois en mois.

Le lendemain du jour où il avait trouvé le chien, Bob, pourtant assis au dixième rang, perçut le bruissement de la soutane du père Regan sur le dallage de marbre de l'autel. Les seules autres personnes présentes ce matin-là – particulièrement rebutant, il fallait bien l'admettre, avec du verglas partout dans les rues noires et un vent cinglant, à vous couper la figure en quatre –, en plus de lui, étaient : la veuve Malone ; Theresa Coe, autrefois directrice de l'école de Saint-Dom, à l'époque où celle-ci existait encore ; le vieux Williams ; et le flic portoricain, dont Bob était presque sûr qu'il s'appelait Torres.

Torres n'avait pas l'air d'un flic – il avait un regard bienveillant, et parfois même espiègle –, aussi était-il toujours surprenant de voir le holster sur sa hanche quand il retournait vers son banc après la communion. Pour sa part, Bob n'allait jamais communier, malgré les efforts déployés par le père Regan, qui avait essayé à plusieurs reprises de le convaincre que, s'il était effectivement en état de péché mortel, mieux valait recevoir le sacrement de l'Eucharistie que s'abstenir ; les conséquences seraient moins terribles. Mais Bob avait été élevé dans l'esprit du catholicisme vieille école, à une époque où on parlait beaucoup des limbes et encore plus du purgatoire, et où les bonnes sœurs régnaient, toutes-puissantes, armées de règles punitives. Alors, il avait beau pencher à gauche, sur un plan théologique, en ce qui concernait la plupart des enseignements religieux, il restait fondamentalement traditionaliste.

L'église de Saint-Dominique, construite à la fin du dix-neuvième siècle, était l'une des plus vieilles de la ville. Il s'agissait d'une bâtisse magnifique, qui mêlait l'acajou foncé et le marbre blanc cassé, éclairée par d'immenses vitraux dédiés à divers saints aux yeux tristes. Pour Bob, elle correspondait parfaitement à l'image qu'il se faisait d'un édifice du culte. Les églises plus récentes le déconcertaient : les bancs étaient trop blonds, les verrières trop nombreuses ; il avait l'impression qu'elles l'incitaient à célébrer la vie, pas à ruminer ses péchés.

Mais, dans une église plus ancienne – un sanctuaire d'acajou, de marbre et de lambris sombres, tout de majesté tranquille et d'histoire implacable –, il se sentait capable de réfléchir posément à ses espoirs et à ses fautes.

Quand les autres paroissiens se levèrent pour aller communier, il resta à genoux devant son banc. Il n'y avait personne autour de lui. Il était une île.

Torres, le flic – plutôt bel homme, la petite quarantaine, avec une légère tendance à l'embonpoint –, s'avança vers le prêtre et reçut l'hostie sur sa langue, pas dans sa main en coupe. Un traditionaliste, lui aussi.

Après s'être signé, il jeta un rapide coup d'œil à Bob en retournant vers son banc.

« Veuillez vous lever. »

Bob se signa, se redressa et repoussa de la pointe de sa chaussure le prie-Dieu rabattable.

Le père Regan tendit la main au-dessus de l'assemblée et ferma les yeux. « Puisse le Seigneur vous bénir et veiller sur vous chaque jour de votre vie. Puisse-t-Il vous éclairer de Sa lumière et vous accorder Sa bienveillance. Que le Seigneur vous garde et vous apporte le réconfort. Cet office est maintenant terminé. Allez en paix, et n'oubliez pas d'aimer et de servir le Seigneur. Amen. »

Bob quitta son banc pour s'engager dans la travée centrale. À la hauteur d'un des bénitiers près de la sortie, il plongea ses doigts dans l'eau bénite et se signa. Torres s'arrêta devant l'autre, fit de même, puis le gratifia d'un hochement de tête – un signe de connivence entre étrangers qui se connaissent de vue. Bob le lui rendit, et chacun partit de son côté dans le froid.

Bob prit son poste au Cousin Marv vers midi, car il appréciait le calme qui régnait dans la salle à cette heure-là. Ainsi, il aurait tout loisir de réfléchir à ce problème de chiot auquel il était confronté.

Marv, que presque tout le monde surnommait le « cousin Marv » par habitude – ça remontait à l'école primaire, mais personne ne se rappelait plus ce qui lui avait valu ce surnom –, était de fait réellement apparenté à Bob. Leurs mères étaient sœurs.

Il avait été le chef d'une bande à la fin des années 1980 et jusqu'au début des années 1990. Pour la plupart, ses membres se spécialisaient dans les prêts à usure et les recouvrements subséquents ; pour autant, Marv n'avait jamais refusé aucune proposition lucrative, car il était persuadé – il en avait même l'intime conviction – que ceux qui négligent de se diversifier courent à la ruine dès que le vent tourne. Comme les dinosaures, quand les hommes des cavernes étaient apparus et avaient inventé les flèches, disait-il à Bob. « Imagine-les, ces types, en train de tirer sur tous les tyrannosaures englués dans les flaques de pétrole… » Une tragédie qu'il aurait pourtant été facile d'éviter.

Parmi toutes les bandes qui opéraient dans le quartier à l'époque, celle de Marv n'était pas la plus redoutable, ni la plus habile, ni la plus prospère – loin s'en fallait –, ce qui n'avait pas empêché les affaires de tourner pendant un temps. Mais de nouveaux arrivants ne cessaient d'empiéter sur leur territoire, et, à une exception près, certes tristement mémorable, les acolytes de Marv n'avaient jamais donné dans la violence. Alors ils avaient dû se résoudre à prendre une décision : céder le terrain à des gangs beaucoup plus retors, ou aller à l'affrontement. Ils avaient choisi l'option numéro un.

Marv officiait désormais comme receleur, et il comptait parmi les plus fiables de la ville, sauf qu'être receleur dans ce monde-là revenait à être employé au service du courrier dans le monde normal : si on l'était toujours passé trente ans, on le restait à vie. Il prenait aussi quelques paris à l'occasion, surtout pour le père de Chovka et son gang de Tchétchènes – les véritables propriétaires du bar. Ce n'était un secret pour personne, même si on ne le disait pas ouvertement, que le cousin Marv ne possédait plus le Cousin Marv depuis des années.

Pour Bob, c'était un soulagement : il aimait son boulot de barman, et il gardait un souvenir épouvantable de la seule fois où ils avaient dû employer la force. Marv, en revanche, attendait toujours le train incrusté de diamants qui arriverait sur des rails de dix-huit carats, et l'emmènerait loin, très loin, vers d'autres horizons. La plupart du temps, il affirmait être heureux. Bob le savait cependant hanté par les mêmes choses que lui – toutes ces choses merdiques qu'on est obligé de faire si on veut aller de l'avant. Et qu'on ne manque pas de se prendre dans la figure quand on n'a pas assez d'ambition. Un homme qui réussit a la possibilité de cacher son passé; un perdant passe le reste de sa vie à essayer de ne pas se noyer dans le sien.

Cet après-midi-là, comme Marv avait l'air de broyer du noir, Bob tenta de lui changer les idées en lui racontant sa mésaventure avec le chiot. Le récit ne parut pas passionner son cousin, mais Bob s'obstina, tout en répandant du sel dans l'allée enneigée. Marv, lui, fumait près de la porte de derrière.

« Mets-en bien partout, Bob, lui recommanda-t-il. Manquerait plus qu'une de ces Capverdiennes se casse la gueule en allant porter les ordures à la benne.

– Quelles Capverdiennes ?

– Celles du salon de coiffure.

– Celles du bar à ongles ? Elles sont vietnamiennes.

– N'empêche, j'ai pas envie qu'elles se cassent la gueule.

– Tu connais une fille qui s'appelle Nadia Dunn ? » demanda Bob.

Marv fit non de la tête.

« C'est elle qui garde le chien.

– Et c'est reparti avec ce clebs...

– Parce que, tu comprends, dresser un chien, lui apprendre la propreté, c'est une grosse responsabilité. »

Le cousin Marv expédia sa cigarette dans l'allée. « Mouais, ben c'est quand même pas comme si un tonton gâteux que t'avais pas vu depuis une éternité s'était pointé chez toi en fauteuil roulant, avec sa poche de colostomie, en disant que c'était à toi de t'occuper de lui. C'est qu'un clébard !

– Je sais, mais… » Bob s'interrompit, incapable de trouver les mots susceptibles de décrire ce qu'il ressentait depuis qu'il avait sorti le chiot de la poubelle et contemplé ses grands yeux : c'était la première fois, lui semblait-il, qu'il avait l'impression de jouer dans le film de sa vie, et non d'y assister en simple spectateur, du fond d'un cinéma bruyant.

Le cousin Marv lui tapota l'épaule, se pencha vers lui et, lui soufflant au visage son haleine empuantie par le tabac, répéta : « C'est qu'un clébard. » Puis il rentra dans le bar.

Vers quinze heures, Anwar, l'un des lieutenants de Chovka, arriva par la porte de derrière. Il venait chercher la recette des paris de la veille. Les collecteurs de Chovka avaient pris du retard dans leur tournée des établissements de la ville, parce que le BPD[1] avait organisé un petit raid de harcèlement sur le QG tchétchène, et bouclé pour la nuit la moitié des livreurs et des coursiers. Anwar prit le sac que Marv lui tendait, puis se servit lui-même une Stella. Il la vida à longs traits, lentement, tout en lorgnant Marv et Bob d'un air mauvais. Sa bière avalée, il éructa bruyamment, reposa la bouteille vide sur le comptoir et partit sans un mot, le sac sous le bras.

« Pfff ! Aucun respect. » Marv flanqua la bouteille à la poubelle et essuya le rond mouillé qu'elle avait laissé sur le bar. « T'as remarqué ? »

Bob haussa les épaules. Évidemment qu'il avait remarqué, mais qu'est-ce qu'on pouvait y faire ?

« Ce chiot, commença-t-il pour alléger l'atmosphère, il a des pattes grosses comme ta tête. Trois marron et une blanche, avec des petites taches brun clair. Et…

– Il cuisine, peut-être ? Il brique ta baraque ? Merde, Bob, c'est qu'un foutu clebs !

– D'accord, mais… » Bob laissa retomber ses

1. Boston Police Department, police de Boston.

mains. Il avait du mal à expliquer ce qu'il éprouvait. « Tu vois, c'est comme quand y se passe un truc vraiment chouette dans ta journée... Tiens, comme, je sais pas, moi, comme quand les Pats gagnent et que t'as parié sur eux, ou qu'on te sert ton steak cuit à point au Blarney, et que du coup tu te sens vraiment bien. Je veux dire... » Il se surprit de nouveau à agiter les mains. « ... super bien. »

Marv se fendit d'un hochement de tête assorti d'un sourire crispé. Avant de se replonger dans la rubrique des courses hippiques.

Bob s'employa ensuite à décrocher les décorations de Noël, tout en s'occupant des clients. Après dix-sept heures, cependant, la salle commença à se remplir, et, bientôt, il fut complètement absorbé par le service. Rardy, l'autre barman, aurait déjà dû arriver en renfort, mais il était en retard.

Bob dut faire deux voyages pour apporter leur tournée à la dizaine de gars rassemblés devant les cibles de fléchettes – des techniciens chargés d'installer la fibre optique dans tous les hôtels qui poussaient comme des champignons autour du port. De retour derrière le comptoir, il découvrit son cousin adossé à une glacière, en train de lire le *Herald*. Ce fut cependant à lui qu'on reprocha l'attente, l'un des types allant même jusqu'à demander si les Bud arrivaient toujours dans des chariots tirés par des putains de Clydesdales.

Après avoir poussé Marv du coude, il ouvrit la glacière en faisant remarquer que Rardy était en retard. Encore une fois. Bob, qui n'avait jamais été en retard de toute sa vie, en venait à soupçonner une forme d'agressivité chez ceux qui l'étaient invariablement.

« Non, il est là », répliqua Marv en indiquant de la tête une silhouette. Bob aperçut alors le gamin – Rardy avait la trentaine, mais on lui réclamait encore sa carte d'identité à l'entrée des boîtes de nuit – qui traversait la salle sans se presser, échangeant ici et là quelques mots avec les clients. Vêtu d'un sweat à capuche délavé sur un vieux jean, et coiffé de son sempiternel chapeau *porkpie*, il avait toujours l'air prêt à prendre le micro pour la soirée des poètes ou des comiques amateurs. Mais Bob, qui le connaissait depuis cinq ans, savait qu'il ne possédait pas une once de sensibilité artistique, ni le moindre talent pour raconter des blagues.

« *Yo* », lança le nouveau venu en s'avançant derrière le comptoir. Il prit son temps pour enlever son sweat. « V'là la cavalerie. » Il assena à Bob une grande claque dans le dos. « Une chance pour toi, pas vrai ? »

En cette froide soirée, deux frères passèrent en voiture devant le bar pour la troisième fois de la journée. Ils firent demi-tour au niveau de l'allée, puis reprirent Main Street dans l'autre sens, à la recherche d'un parking où ils pourraient s'envoyer quelques lignes de coke.

Ils s'appelaient Ed et Brian Fitzgerald. Ed, l'aîné, était obèse et tout le monde le surnommait Fitz. Brian était maigre comme un clou et tout le monde le surnommait Bri. Pour les désigner tous les deux, certains parlaient des « frangins 1-0 », parce que c'était l'image qu'ils renvoyaient quand ils se tenaient côte à côte.

Fitz avait placé les cagoules sur la banquette arrière et les fusils dans le coffre. Il avait caché la came dans la console entre leurs deux sièges. Sans elle, Bri n'aurait jamais pu approcher un flingue.

Ils s'arrêtèrent dans un endroit isolé sous la voie express. De là, ils voyaient Penitentiary Park, couvert de croûtes de glace et de traînées de neige. Ils apercevaient même l'emplacement de l'ancien écran du drive-in. Quelques années plus tôt, on y avait retrouvé le corps d'une fille battue à mort – sans doute le meurtre le plus célèbre du quartier. Fitz coupa la coke sur le miroir d'un rétroviseur qu'il avait arraché à une vieille guimbarde. Il sniffa le premier tas, puis tendit miroir et paille à son frère.

Bri sniffa à son tour un petit tas, avant de faire disparaître le suivant sans même demander la permission.

« Je sais pas, dit-il – trois mots qu'il avait répétés si souvent au cours de la semaine que son frère envisageait de l'étrangler s'il recommençait. Je sais pas. »

Fitz récupéra paille et miroir. « Ça va bien se passer.

– Non », affirma Bri. Il tripotait nerveusement sa montre, qui n'avait jamais donné l'heure – le cadeau d'adieu que lui avait fait leur père le jour où il avait décidé qu'il ne voulait plus être leur père. « C'est pas une bonne idée, crois-moi. Pas du tout. Si on les braque, c'est pour rafler le pactole ; sinon, on les braque pas.

– Le client veut s'assurer qu'on est des pros, expliqua Fitz, peut-être pour la cinquantième fois. Il dit qu'il faut procéder par étapes, pour voir comment réagissent les proprios la première fois. »

Les yeux de Bri s'arrondirent. « Ah ouais ? Ben, ils pourraient très mal réagir, abruti ! Ce bar-là, c'est un repaire à mafieux. Un relais. »

Son frère le gratifia d'un petit sourire crispé. « Justement, Bri. Si c'en était pas un, ça vaudrait pas le coup de prendre le risque.

– C'est non, t'as compris ? » Bri donna un coup de pied dans la boîte à gants. Un gosse qui piquait sa crise. Il se remit à tripoter sa montre, et tourna le bracelet jusqu'à amener le cadran à l'intérieur de son poignet. « Non, non et non.

– Non ? Écoute, frangin, t'as besoin de fric pour Ashley, pour tes gosses et pour ta came. T'as pas remis d'essence dans ta bagnole depuis Thanksgiving, et t'es même pas foutu de faire réparer ta montre. » Il se pencha jusqu'à appuyer son front contre la tempe de son cadet, en même temps qu'il lui posait une main dans la nuque. « Alors, vas-y, redis-moi "non". »

Bri ne le redit pas. Au lieu de quoi, il se prépara une autre ligne.

C'était une grosse soirée : les Bud coulaient à flots et les paris allaient bon train. Bob et Rardy se chargeaient des premières, tandis que Marv s'occupait des parieurs nerveux, qui semblaient toujours un peu perdus, et glissait leur mise dans la fente du placard sous la caisse. À un certain moment, il disparut dans la réserve pour faire le total, et, quand il ressortit, il ne restait plus grand monde.

Bob ôtait le surplus de mousse sur deux pintes de Guinness lorsque deux Tchétchènes – cheveux en brosse, joues envahies par une barbe naissante, veste de survêtement en soie sous un pardessus en laine – poussèrent la porte. Marv traversa la salle et leur remit l'enveloppe kraft sans même ralentir l'allure. Le temps que Bob finisse d'enlever la mousse, les Tchétchènes avaient disparu. À peine entrés, et déjà partis. Comme s'ils n'avaient jamais été là.

Une heure plus tard, le bar était vide. Bob passa la serpillière derrière le comptoir, tandis que Marv faisait la caisse et que Rardy sortait les poubelles dans la ruelle. Bob essora la serpillière au-dessus du seau, et, lorsqu'il releva les yeux, ce fut pour découvrir un homme dans l'embrasure de la porte de service, qui braquait un fusil sur lui.

Ce qui le frappa le plus, et dont il se souviendrait jusqu'à la fin de ses jours, ce fut le silence. Le reste du monde dormait, dans les habitations comme dehors, et tout était tranquille. Pourtant, un homme se tenait sur le seuil, le visage dissimulé par une cagoule, un fusil pointé sur Marv et lui.

Il lâcha sa serpillière.

Marv, posté près d'une des glacières, redressa la tête. Ses yeux se rétrécirent. Bob savait qu'il gardait un Glock 9 mm sous le comptoir, et il espéra de toutes ses forces qu'il ne serait pas assez stupide pour s'en saisir. Ce fusil braqué sur eux risquait de les couper en deux avant même que Marv ait eu le temps de sortir le pistolet.

Mais Marv n'était pas stupide, loin de là. Il leva très lentement les bras, sans en avoir reçu l'ordre, et Bob l'imita.

L'intrus entra dans la salle, et Bob sentit la nausée le gagner quand une autre silhouette apparut derrière lui, tenant un pistolet d'une main agitée d'un tremblement presque imperceptible. La situation lui avait semblé à peu près gérable tant qu'il n'y avait qu'un seul individu armé, mais maintenant qu'ils étaient deux, la tension atteignait son comble, rendait l'atmosphère aussi explosive qu'un abcès prêt à crever. Ne manquait que l'aiguille. C'était peut-être la fin, comprit Bob. Dans quelques minutes, voire quelques secondes, il saurait peut-être s'il y avait une vie après celle-ci, ou s'il n'y avait que la douleur de l'acier pénétrant dans son corps et perforant ses organes. Suivie par le néant.

L'homme à la main tremblante était aussi maigre que son comparse était corpulent – gros, même –, et tous deux respiraient bruyamment sous leur cagoule. Le maigre flanqua un sac-poubelle sur le comptoir, et le gros s'adressa à Marv.

« Tu te poses pas de questions, tu remplis », lui ordonna-t-il.

Marv hocha la tête comme s'il prenait la commande, et commença à fourrer dans le sac les liasses de billets qu'il venait d'entourer d'élastiques.

« Je veux pas d'emmerdes, dit-il.

– Alors, les cherche pas », rétorqua le gros.

Marv suspendit son geste et le regarda. « Vous savez à qui appartient ce bar, au moins ? Vous savez qui vous êtes en train de braquer ? »

Le maigre se rapprocha, le flingue tremblant

toujours dans sa main. « Remplis le sac, tête de nœud. »

Il portait au poignet droit une montre dont le cadran était tourné vers l'intérieur. Bob remarqua qu'elle indiquait six heures et quart, alors qu'il était deux heures et demie du matin.

« D'accord, dit Marv au pistolet tremblant. Pas de problème. » Il glissa dans le sac le reste de l'argent.

Le maigre s'en empara, puis recula. Les deux braqueurs armés se trouvaient désormais d'un côté du comptoir, Bob et Marv de l'autre, et Bob sentit son cœur s'affoler comme un chaton enfermé dans un sac et jeté par-dessus bord.

Durant ces instants terribles, il eut l'impression d'être brusquement englouti par la gueule béante du monde depuis le début des temps. Il voyait le ciel nocturne se prolonger vers l'espace, et l'espace se prolonger jusqu'à l'infini, avec des myriades d'étoiles partout, disséminées dans le noir comme autant de diamants sur de la feutrine – et au sein de ce néant glacé, sans limites, il n'était qu'une mite. Même pas : il n'était que le souvenir d'une mite, une créature dont l'existence était passée inaperçue, tellement insignifiante qu'elle ne méritait pas de rester dans les mémoires.

J'aurais juste voulu élever ce chien, pensa-t-il. J'aurais juste voulu lui apprendre des tours et profiter plus de la vie.

Le maigre rangea son arme dans sa poche et sortit.

Il n'y avait plus que le gros et son fusil.

« Tu causes trop, connard », dit-il à Marv.

Sur ces mots, il sortit à son tour.

La porte de derrière grinça quand il l'ouvrit, et grinça quand il la referma. Bob retint encore son souffle pendant au moins trente secondes, puis le relâcha en même temps que Marv.

Il perçut alors un son ténu, semblable à un gémissement. Or ce n'était pas son cousin qui le produisait.

« Rardy, lâcha-t-il.

– Oh merde. » Ils se ruèrent vers la minuscule cuisine au fond de l'établissement, où ils entreposaient les vieux fûts de bière, et découvrirent le barman étendu sur le ventre à gauche de la porte, le visage en sang.

Bob hésita, ne sachant pas trop quoi faire, mais déjà Marv s'agenouillait près du blessé et lui secouait l'épaule aussi fort que s'il tirait sur le câble de démarrage d'un hors-bord. Rardy grogna à plusieurs reprises, puis hoqueta, émettant un son horrible, étranglé et brisé, comme s'il inhalait des éclats de verre. Il se cambra, roula sur le flanc et s'assit, grimaçant, les lèvres retroussées en un rictus qui révélait ses dents – le visage transformé en une sorte de masque mortuaire.

« Oh, putain, murmura-t-il. Oh, putain. »

Quand il ouvrit enfin les yeux, Bob le vit essayer désespérément de fixer son regard. Il lui fallut une bonne minute pour y parvenir.

« C'était quoi, ce bordel ? » dit-il, ce que Bob estima rassurant par rapport à « putain », dans l'éventualité où il souffrirait de lésions au cerveau.

« Comment tu te sens ? s'enquit-il.

– Ouais, comment tu te sens ? » insista Marv. Il s'était redressé dans l'intervalle, et, tout comme Bob, se penchait vers le blessé.

« Je vais gerber. »

Les deux cousins reculèrent de quelques pas.

Rardy inspira et expira à plusieurs reprises, par brèves saccades, avant d'annoncer : « Non, c'est bon. »

Bob lui tendit un torchon, qu'il pressa sur le côté droit de son visage, transformé en masse sanguinolente de chair à vif du coin de l'œil à la commissure des lèvres.

« C'est moche ? demanda-t-il.

– Pas trop, prétendit Bob.

– Tu t'en sors bien, renchérit Marv.

– Non, je suis sûr que c'est moche.

– C'est moche », confirmèrent Bob et Marv.

3

Relais

Ce furent les patrouilleuses G. Fenton et R. Bernardo qui répondirent les premières à l'appel. À peine avaient-elles jeté un coup d'œil à Rardy que R. Bernardo activa son micro d'épaule pour demander au dispatcheur d'envoyer une ambulance. Elles interrogèrent les trois hommes présents dans le bar, mais restèrent concentrées sur le blessé, dont tout le monde doutait des chances de survie. Il avait le teint couleur d'un ciel de novembre, et ne cessait de se lécher les lèvres tout en clignant frénétiquement des yeux. S'il n'avait jamais eu de traumatisme crânien dans sa vie, c'était désormais à rayer de sa liste.

Puis la porte s'ouvrit de nouveau, livrant passage à leur officier supérieur. Quand ses yeux se posèrent sur Bob, son expression neutre, indifférente, se teinta d'abord de curiosité, ensuite d'amusement.

Il pointa l'index vers lui. « La messe de sept heures, à Saint-Dom. »

Bob hocha la tête. « Exact.

– On se voit tous les matins depuis… combien d'années, maintenant ? Deux ? Trois ? Pourtant, on n'a jamais fait les présentations. » Il tendit la main. « Inspecteur Evandro Torres. »

Bob la serra. « Bob Saginowski. »

L'inspecteur serra également la main de Marv. « Bon, je vais dire un mot aux filles – oups, à mes agents, désolé –, et après, vous me raconterez tout. »

Il se dirigea vers les agents Fenton et Bernardo, et tous trois conférèrent à voix basse pendant quelques instants, multipliant hochements de têtes et grands gestes.

« C'est qui, ce type ? demanda Marv.

– Je le connais pas, répondit Bob. On va à la messe à la même heure, c'est tout.

– Il est comment ? »

Bob haussa les épaules. « Aucune idée.

– Il fréquente la même église que toi, et tu sais rien sur lui ?

– Tu connais tous les habitués de ton club de sport, peut-être ?

– C'est pas pareil.

– Comment ça ? »

Marv soupira. « C'est pas pareil, je te dis. »

Torres revint vers eux, affable en diable – sourire tout en dents blanches et lueur espiègle dans le regard. Il demanda à chacun de relater sa propre version des événements, et les deux récits se révélèrent quasiment identiques, sauf sur un point : ils ne se rappelaient plus si celui qui tenait le flingue avait traité Marv de « crétin » ou de « tête de nœud ». Sinon, sur tout le reste, ils étaient parfaitement raccord. Ils omirent tous les deux de mentionner le moment où Marv avait demandé au gros s'il savait à qui appartenait réellement le bar, alors qu'ils n'avaient pas eu le temps de se consulter sur le sujet. Mais, à East Buckingham, tout le monde savait que les mots « FERMEZ VOTRE PUTAIN DE GUEULE » étaient griffonnés à l'entrée du service de la maternité à l'hôpital Sainte-Margaret.

L'inspecteur prit des notes dans son calepin de journaliste. « Bon, je récapitule : cagoule, col roulé noir sous un pardessus noir, jean noir, le maigre était plus nerveux que le gros, mais tous les deux possédaient un certain sang-froid. Rien d'autre ?

– Ben non, c'est à peu près tout, répondit Marv, qui assortit ces mots de son sourire le plus coopératif, genre avide de bien faire.

– Celui qui était près de moi… ben, sa montre était arrêtée », dit Bob.

Il sentit aussitôt le regard de Marv se porter vers lui, et vit aussi Rardy, qui pressait une poche de glace sur son visage, lever les yeux. Il n'aurait su dire ce qui l'avait poussé à ouvrir la bouche – ni ce qui le poussa à la rouvrir.

« Il portait le cadran à l'intérieur, comme ça. » Il montra l'intérieur de son propre poignet.

Torres immobilisa son stylo au-dessus du carnet. « Et les aiguilles étaient arrêtées, vous en êtes sûr ? »

Bob confirma d'un signe de tête. « Ouais. À six heures et quart. »

L'inspecteur le nota. « Ils vous ont pris combien ?

– Tout ce qu'y avait dans la caisse, déclara Marv.

– Et il y avait combien, dans la caisse ? demanda Torres, toujours souriant, toujours concentré sur Bob.

– Tout ce qu'y avait, m'sieur l'agent, répondit celui-ci.

– Inspecteur.

– Euh, oui. Tout ce qu'y avait, inspecteur. »

Torres balaya la salle du regard. « Dites-moi, si je devais poser quelques questions dans le voisinage, je n'entendrais pas parler de paris pris ici, ni de, voyons… » Il jeta un coup d'œil à Marv. « … de service de gardiennage sûr pour des objets subtilisés ?

– Des objets quoi ?

– "Subtilisés", répéta Torres. C'est plus recherché que "volés". »

Marv feignit de réfléchir. Puis fit non de la tête.

Torres se tourna vers Bob, qui fit lui aussi non de la tête.

« Ni de trafic d'herbe à l'occasion ? insista-t-il. On ne me raconterait rien de tout ça ? »

Les deux cousins s'en référèrent au Cinquième amendement sans l'invoquer à voix haute.

Torres se balança d'avant en arrière, en les considérant comme s'il avait affaire à un duo de comiques. « Et quand je consulterai les relevés de la caisse – Rita ? N'oubliez pas de les imprimer, d'accord ? –, ils indiqueront la somme exacte qu'ils vous ont prise ?

– Tout à fait, répondit Marv.

– Bien sûr », renchérit Bob.

Le policier éclata de rire. « Ah oui, les coursiers étaient passés avant... Sacré coup de pot ! »

La remarque déplut à Marv, qui fronça les sourcils. « J'aime pas trop ce que vous... ce que vous insinuez, inspecteur. On a été braqués.

– Je sais.

– Pourtant, vous nous traitez comme des suspects.

– Pas dans le braquage de votre propre bar, en tout cas. » Torres leva les yeux au plafond, puis soupira. « Marv... C'est bien Marv, hein ? »

Celui-ci hocha la tête. « C'est ce qu'y a écrit sur l'enseigne.

– OK, Marv. » Quand Torres lui tapota le coude, Bob eut l'impression qu'il se retenait d'arborer un sourire triomphant. « Tout le monde sait que votre établissement sert de relais.

– De… ? » Marv se pencha vers lui, une main en coupe derrière l'oreille.

« De relais, répéta Torres. Vous êtes un bar relais.

– Je connais pas le terme, prétendit Marv, tout en regardant autour de lui comme s'il quêtait l'approbation d'un auditoire.

– Ah bon ? s'étonna Torres, que ce petit jeu semblait réjouir au plus haut point. Eh bien, figurez-vous que ce quartier, ainsi que quelques autres en ville, abrite des activités criminelles.

– Vous voulez rire ! » s'exclama Marv.

Les yeux de Torres s'arrondirent. « Non, non, c'est très sérieux, je vous assure. Et la rumeur – certains parlent de légende urbaine, d'autres de putain de fait établi – veut qu'un collectif de criminels – un syndicat du crime, si vous préférez… »

Marv éclata de rire. « Un syndicat, rien que ça ! »

Torres s'esclaffa à son tour. « Marrant, hein ? Donc, un syndicat du crime, oui, constitué essentiellement d'Européens de l'Est, autrement dit de Croates, de Russes, de Tchétchènes, d'Ukrainiens…

– Pas de Bulgares ? l'interrompit Marv.

– Et aussi de Bulgares, admit Torres. Donc, la rumeur veut que… vous êtes prêts ?

– Je suis prêt, affirma Marv, dont ce fut le tour de se balancer d'avant en arrière.

– La rumeur veut que ce syndicat gère les paris, le trafic de drogue et la prostitution dans toute la ville. Et quand je dis toute la ville, c'est toute la ville, d'est en ouest, du nord au sud. Mais, chaque fois que la police tente de mettre la main sur les gains tirés de ces opérations illégales, pour utiliser l'expression consacrée, c'est l'échec : l'argent n'est pas là où on le croyait. » Il écarta les bras pour mieux feindre la surprise.

Marv l'imita, en se fendant d'une mimique de clown triste pour faire bonne mesure.

« Alors, où est-il, cet argent ?

– Oui, où ? interrogea Marv.

– Nulle part. Ni dans les bordels, ni dans les planques de dealers, ni dans les officines de paris. Envolé.

– Pouf !

– C'est ça, pouf. » Torres baissa d'un ton et fit signe à Bob et Marv de se rapprocher. Quand il reprit la parole, sa voix se réduisait presque à un chuchotement. « Il semblerait que, chaque soir, l'argent rapporté par ces activités illégales soit collecté et… » Il traça des guillemets dans l'air avec ses doigts. « … "livré" dans un bar choisi d'avance quelque part en ville, qui le garde jusqu'au matin. Après, un Russe en trench de cuir noir, aspergé d'after-shave, se pointe, récupère le paquet et le porte au syndicat.

– Encore ce syndicat ! s'exclama Marv.

– Et voilà, le tour est joué. » Torres frappa dans ses mains si brusquement qu'il attira l'attention de Rardy. « L'argent n'est plus là.

– Je peux vous poser une question ? reprit Marv.

– Allez-y.

– Pourquoi ne pas surveiller le bar en question avec un mandat, et faire une descente quand tout cet argent illégal y est entreposé ?

– Ah ! dit Torres, l'index levé. Excellente idée. Vous n'avez jamais pensé à devenir flic, Marv ?

– Nan.

– Dommage. Vous avez un don, pourtant.

– Oh moi, vous savez, je suis qu'un modeste tenancier de bar... »

Torres gloussa, puis se pencha de nouveau vers lui en affichant une mine de conspirateur. « La raison pour laquelle on ne peut pas faire une descente, c'est que personne, pas même dans le bar relais, ne sait avant le tout dernier moment où va se faire le dépôt.

– Non…

– Si. Là-dessus, il est possible que le bar ne serve plus de relais pendant six mois. Ou qu'il soit remis à contribution deux jours plus tard. C'est toute l'ingéniosité du système : personne ne sait rien. »

L'air songeur, Marv gratta sa barbe naissante.

« Personne », répéta-t-il à mi-voix, d'un ton abasourdi.

Tous trois gardèrent le silence un moment.

« Bon, si jamais quelque chose vous revenait, dit enfin Torres, passez-moi un coup de fil. » Il leur remit à chacun sa carte.

« Quelles sont les chances de coincer ces types ? demanda Marv en s'éventant avec le bristol.

– Oh, je dirais, minces, répondit Torres, magnanime.

– En tout cas, vous êtes honnête.

– Ça en fait au moins un parmi nous », rétorqua l'inspecteur, qui lâcha un bref rire sonore.

Marv s'esclaffa à son tour, avant de recouvrer brusquement son sérieux et de prendre un air farouche, comme s'il était encore un dur.

Torres reporta son attention sur Bob. « Dommage pour Saint-Dom, hein ?

– Pourquoi ? demanda Bob, heureux d'aborder un autre sujet – n'importe lequel.

– C'est fini. Ils vont fermer les portes pour toujours. »

Bob en resta bouche bée.

« Je sais, je sais, compatit l'inspecteur. Je ne l'ai appris qu'aujourd'hui. Ils rattachent la paroisse à celle de Sainte-Cécile. Ça paraît difficile à croire, pas vrai ? » Il secoua la tête. « Vos braqueurs, est-ce qu'ils s'exprimaient comme certains des gars qui viennent ici ? »

Bob, qui en était toujours à la fermeture de Saint-Dom, devina qu'il avait l'art de foutre le bordel dans la tête de ses interlocuteurs.

« Ben, en fait, ils s'exprimaient comme un bon millier de gars qui viennent ici.

– C'est-à-dire ? »

Avant de répondre, Bob réfléchit quelques instants. « Ils parlaient du nez, on avait l'impression qu'ils se remettaient tout juste d'un rhume. »

Torres sourit de nouveau, mais cette fois il avait l'air sincère. « Je dirais que ça s'applique à tout le quartier. »

Dehors, quelques minutes plus tard, les deux patrouilleuses s'éloignèrent au volant de leur voiture, tandis que Rardy, assis sur une civière derrière l'ambulance, bataillait contre un urgentiste qui voulait lui prendre sa grande canette de Narragansett.

« Vous avez un traumatisme crânien », dit l'homme.

Rardy récupéra sa Narragansett. « La bière y est pour rien. »

L'urgentiste jeta un coup d'œil au cousin Marv, qui saisit d'autorité la canette. « C'est pour ton bien. »

La main tendue, Rardy le traita d'empaffé.

Torres et Bob observaient la scène, quand Torres déclara soudain : « C'est vraiment triste.

– Je crois qu'il s'en remettra. »

L'inspecteur tourna la tête vers lui. « Je voulais parler de Saint-Dom, Bob. Une magnifique église. Sans compter qu'on avait droit à des messes dignes de ce nom : pas de câlins de groupe après le Notre Père, pas de chanteurs folk… » Il posa sur l'allée le regard hébété d'une victime. « Quand les profanes auront fini de persécuter l'Église, on aura tout un tas d'apparts de luxe avec des vitraux en guise de fenêtres.

– Mais…, commença Bob.

– Mais quoi ? » demanda Torres, dont les yeux brillaient du juste courroux d'un martyr confronté aux païens qui édifient son bûcher.

« Ben… » Bob écarta les mains.

« Non, sérieux ? Quoi ?

– Si l'Église avait joué franc jeu... »

L'inspecteur se raidit. Son regard n'avait plus rien d'espiègle. « Ah, c'est de là que ça vient, pour vous ? C'est vrai, on ne voit pas le *Globe* titrer sur les viols d'enfants dans le monde musulman. »

Bob savait qu'il ferait mieux de la fermer, mais ce fut plus fort que lui. « Les autorités ont couvert les affaires de viol, sur les ordres de Rome.

– Elles ont présenté des excuses.

– Et alors ? Tant qu'on connaît pas le nom des prêtres qui ont commis… »

Torres écarta les bras. « C'est le résultat du catholicisme de cafétéria, Bob : on pioche ce qu'on veut au buffet, on laisse les mauvais morceaux. Pourquoi n'allez-vous jamais communier ?

– Hein ?

– Je vous vois à la messe depuis des années. Vous n'avez jamais communié. »

Bob se sentait à la fois abasourdi et atteint dans son intimité. « Ça me regarde. »

L'inspecteur finit par sourire, mais c'était un sourire tellement nauséabond que Bob aurait pu en sentir l'odeur les yeux fermés.

« Ah oui ? Vous croyez ? » répliqua-t-il, avant de se diriger vers sa voiture.

Bob s'approcha de l'ambulance en s'interrogeant sur ce qui venait de se jouer entre eux. Mais, au fond, il le savait déjà : il s'était fait un ennemi d'un flic. Une vie entière passée dans un caisson d'anonymat parfaitement étanche, et voilà que le caisson venait d'être vidé dans la rue.

Les urgentistes s'apprêtaient à charger la civière dans l'ambulance.

« Moira te retrouve là-bas ? lança Bob à Rardy.

– Oui, je lui ai téléphoné », répondit ce dernier. Il récupéra sa bière des mains de Marv, et la vida d'un trait. « Ce que je peux avoir mal au crâne, bordel... »

Il fut hissé dans l'ambulance, et Bob rattrapa la canette vide lorsqu'il la lança. Puis les urgentistes refermèrent les portes et le véhicule démarra.

Marv et Bob demeurèrent un instant immobiles dans le silence soudain.

« Ce flic te prête son blouson pour rien, ou tu dois d'abord faire une bataille de chatouilles avec lui ? » gronda Marv.

Bob soupira.

Son cousin n'en avait cependant pas fini. « Qu'est-ce qui t'a pris de leur parler de la montre, bon Dieu ?

– Je sais pas », avoua Bob. Et c'était vrai : il n'en avait pas la moindre idée.

« Bon, ben va falloir qu'on étouffe dans l'œuf cette putain de pulsion naissante chez toi. » Marv alluma une cigarette et tapa des pieds par terre pour se réchauffer. « On s'est fait plumer de cinq mille dollars et des poussières. Une chance qu'Anwar et Makkhal aient récupéré l'enveloppe avant…

– On s'en tire plutôt bien.

– Il nous manque cinq mille billets. C'est leur bar, leur fric. Alors, non, on s'en tire pas si bien que ça. »

Tous deux contemplèrent l'allée en frissonnant. Au bout d'un moment, ils rentrèrent.

4

La seconde ville

Le dimanche matin, Nadia lui porta le chiot jusqu'à sa voiture, tandis que Bob attendait devant chez elle, moteur au ralenti. Elle le lui passa par la vitre ouverte, puis leur adressa à tous les deux un petit signe d'adieu.

En regardant l'animal assis à côté de lui, Bob sentit l'angoisse l'envahir. Ça mange quoi ? Ça mange quand ? Et pour le rendre propre... comment on s'y prend ? Combien de temps faut-il ? Il avait eu plusieurs jours pour réfléchir à ces questions, pourtant – alors, pourquoi ne lui venaient-elles que maintenant ?

Il appuya sur la pédale de frein, puis recula de plusieurs mètres. Nadia, un pied sur la première marche du perron, se retourna. Bob se pencha vers le siège passager, baissa la vitre et se contorsionna jusqu'à pouvoir la regarder droit dans les yeux.

« Je sais pas comment faire, avoua-t-il. J'y connais rien. »

Dans une animalerie, Nadia choisit plusieurs jouets à mâcher, en expliquant à Bob qu'il en aurait besoin s'il voulait épargner son canapé. « Attention aux chaussures, lui dit-elle. Pensez à les mettre à l'abri – en hauteur, par exemple. » Ils achetèrent des vitamines – pour un chien ! –, en plus d'un sac de croquettes spéciales chiots que Nadia recommanda à Bob en lui conseillant de rester fidèle à la marque par la suite. « Changez son alimentation, l'avertit-elle, et vous êtes bon pour nettoyer des flots de diarrhée. »

Ils firent aussi l'acquisition d'une caisse pour y mettre le chiot quand Bob partirait travailler, d'une gamelle pour l'eau et d'un livre sur l'éducation des chiens écrit par des moines qui, sur la photo de couverture, n'avaient pas trop l'air de religieux avec leur solide constitution et leur sourire éclatant. Alors que la caissière enregistrait les articles, Bob sentit soudain une étrange vibration se propager en lui, et, tandis qu'il cherchait son portefeuille, il eut comme une sorte d'absence. Une brusque bouffée de chaleur lui monta à la gorge, sa tête lui paraissait cotonneuse… Puis le tremblement s'atténua, en même temps que la chaleur refluait et que ses idées s'éclaircissaient, et, à l'instant où il tendait sa carte de crédit à la caissière, à l'instant même où la sensation disparaissait, il en comprit la nature :

Pendant un moment – ou peut-être juste une succession de petits moments dont aucun n'avait été suffisamment déterminant à lui seul pour expliquer le phénomène –, il avait été heureux.

« Bon, eh bien, merci, dit Nadia lorsqu'il s'arrêta devant chez elle.

– Hein ? Non, non. Merci à vous. Sincèrement. C'était... Merci.

– C'est un bon petit chien, Bob. Il vous donnera toutes les raisons d'être fier de lui. »

Il baissa les yeux vers le chiot endormi sur les genoux de Nadia, et qui ronflait doucement. « Ils sont toujours comme ça, à roupiller tout le temps ?

– Presque. Après, ils cavalent partout comme des dératés pendant quinze, vingt minutes, et ils s'écroulent. Oh, et ils chient. Bob, mon grand, rappelez-vous une chose : ce sont de vraies usines à pisse et à crottes. Ne vous énervez pas, ils n'y peuvent rien. Lisez des bouquins. C'est parfois long, mais tôt ou tard ils finissent par demander à sortir.

– C'est de quel ordre, "tôt ou tard" ?

– Deux mois ? » Elle pencha la tête de côté. « Peut-être trois. Soyez patient, Bob.

– Patient, répéta-t-il.

– Et toi aussi, sois patient », ajouta-t-elle à l'adresse du chiot, en le soulevant. Tiré de son sommeil, il renifla tout autour de lui en poussant des gémissements plaintifs. De toute évidence, il ne voulait pas qu'elle parte. « Prenez soin de vous, tous les deux », dit-elle encore. Elle descendit de voiture, agita la main à l'adresse de Bob en montant les marches, et rentra.

Le chiot, assis sur le siège passager, regardait fixement par la vitre l'endroit où elle avait disparu, comme s'il guettait son retour. Puis il jeta un coup d'œil à Bob, qui le devina en proie à un profond sentiment d'abandon – au moins égal au sien. En cet instant, il avait la certitude qu'ils fonçaient droit dans le mur, lui et ce chien abandonné. Le monde était trop fort pour eux.

« Comment tu t'appelles ? demanda-t-il. Hein, quel nom on va te donner ? »

Le chiot détourna la tête, l'air de dire : « Fais revenir la fille. »

Il commença par chier dans la salle à manger.

Sur le coup, Bob ne comprit pas ce qui se passait. Le chiot reniflait partout, la truffe au ras du tapis, quand soudain il s'immobilisa en le regardant d'un air vaguement gêné. « Quoi ? Qu'est-ce qu'il y a ? » lança Bob, au moment où la chose tombait sur un coin du tapis.

Il se précipita comme s'il pouvait encore empêcher l'inéluctable, repousser la déjection, et l'animal affolé s'enfuit ventre à terre, parsemant de gouttelettes le plancher derrière lui tandis qu'il filait se réfugier à la cuisine.

« Non, non ! cria Bob. Te sauve pas, c'est pas grave. » Sauf qu'il ne le pensait pas. Presque tout le mobilier, auquel il n'avait rien changé, lui venait de sa mère, qui l'avait acheté dans les années 1950. Or cette souillure n'était ni plus ni moins que de la merde. Des excréments. Dans la maison de sa mère, sur son tapis, son parquet...

Le temps qu'il atteigne à son tour la cuisine, il y avait déjà une flaque de pisse sur le lino. Bob glissa dedans et manqua s'étaler. Blotti contre le frigo, le corps raidi dans l'attente d'un coup, le chiot le regardait en essayant manifestement de ne pas trembler.

Cette vision arrêta Bob dans son élan. Il s'immobilisa net, même s'il savait que plus il laisserait traîner la déjection sur le tapis, plus ce serait difficile de le récupérer.

Au moment où il se mettait à quatre pattes, il sentit renaître en lui cette curieuse émotion qu'il avait éprouvée lorsqu'il avait sorti le chiot de la poubelle, et qu'il avait crue disparue en même temps que Nadia : l'intuition d'un lien entre eux. Il en vint à se dire que ce n'était peut-être pas seulement le hasard qui les avait réunis.

« Eh, dit-il dans un souffle. Eh, t'en fais pas. » Tout doucement, il tendit la main vers l'animal, qui se serra plus étroitement contre le frigo. Mais Bob continua d'avancer le bras, jusqu'à poser délicatement sa paume sur le côté de la petite gueule. En même temps, il émettait des sons apaisants. Il sourit. « T'en fais pas, c'est rien », répéta-t-il, encore et encore.

Si, aujourd'hui, l'inspecteur Evandro Torres bossait aux Cambriolages, il y avait cependant eu un temps où il avait été Quelqu'un. Pendant très exactement quinze glorieux mois, il avait été inspecteur aux Homicides. Puis, comme souvent quand il lui arrivait quelque chose de bien, il avait tout fait foirer, et s'était retrouvé rétrogradé.

À la fin de leur service, les gars des Cambriolages allaient en général boire un coup au JJ, et ceux des Homicides au Last Drop. Mais, si on cherchait à voir un flic des Crimes majeurs, on avait de bonnes chances de le débusquer près du Pen' Channel, occupé à perpétuer la tradition de la brigade en picolant dans sa voiture.

De fait, ce fut là-bas que Torres trouva Lisa Romsey et son équipier, Eddie Dexter. Dexter était un maigrichon au teint cireux, à qui personne ne connaissait d'amis ni de famille. Il avait autant de personnalité qu'un bac à sable détrempé par la pluie, et il ne prenait la parole que si on s'adressait à lui, mais il possédait une connaissance encyclopédique de la mafia de la Nouvelle-Angleterre.

Lisa Romsey était d'une tout autre trempe : c'était la Latino-américaine la plus sexy et la plus susceptible qui ait jamais porté un flingue. Elle avait gardé le nom de Romsey après deux années d'un mariage désastreux avec le procureur, car, dans cette ville, il lui ouvrait encore plus de portes qu'il ne lui en fermait. Elle avait fait équipe avec Torres quelques années plus tôt, au sein d'une cellule d'urgence constituée pour une mission. Quand l'équipe avait été démantelée, elle-même avait été transférée aux Crimes majeurs, où elle était restée, alors que Torres intégrait les Homicides, où il n'avait fait qu'un bref passage.

Il ne lui fallut pas longtemps pour les repérer à l'intérieur de leur véhicule banalisé, arrêté dans l'angle sud du parking, munis tous les deux d'un grand gobelet de café de chez Dunkin' Donuts qui ne dégageait pas de vapeur. Leur voiture faisait face au chenal, aussi Torres alla-t-il se garer sur la place voisine, en sens inverse, avant de baisser sa vitre.

Romsey baissa finalement la sienne, après l'avoir gratifié d'un regard appuyé suggérant qu'elle hésitait à la laisser remontée.

« C'est quoi, ce soir, le dernier pour la route ? lança-t-il. Scotch ou vodka ?

– Vodka, répondit-elle. T'as apporté ton gobelet ?

– Tu me crois tout juste sorti de l'œuf ? » Il lui tendit une tasse à café en céramique, sur laquelle les mots « LE PLUS CHOUETTE PAPA DU MONDE » avaient été inscrits au pochoir. Romsey arqua un sourcil étonné en découvrant l'inscription, mais remplit le récipient sans faire de commentaire, et le lui rendit.

Durant quelques instants, ils se contentèrent de boire en silence. Dexter contemplait fixement un point derrière le pare-brise, comme s'il cherchait désespérément le soleil dans un ciel d'un gris si terne qu'il rappelait le mur d'une prison.

« Alors, quoi de neuf, Evandro ? finit par demander Lisa Romsey.

– Tu te souviens de Marvin Stipler, au bon vieux temps ? »

Elle fit non de la tête.

« Le cousin Marv ? insista-t-il. Il s'est fait dégager des opérations par les Tchétchènes, il y a neuf ou dix ans.

– Ah oui... Oui, ça me revient. Ils ont débarqué un jour en lui disant qu'il avait des couilles pas plus grosses que des Tic Tac, et il a passé les dix années suivantes à leur prouver qu'ils avaient vu juste.

– C'est lui, confirma Torres. Son bar a été braqué l'autre soir. Et quand je dis “son” bar, je te parle d'une des sociétés écrans de Papa Umarov. »

En face de lui, les deux équipiers échangèrent un coup d'œil surpris. « Quel genre d'attardé braque ce genre de bar ? répliqua Romsey.

– Très bonne question. Est-ce que les Crimes majeurs s'intéressent aux Umarov ? »

Romsey se resservit et secoua la tête. « On s'est pas encore remis des dernières coupes budgétaires, alors c'est pas demain la veille qu'on va se lancer sur la piste de Russes dont M. Tout-le-monde connaît à peine l'existence.

– Tchétchènes.

– Hein ?

– Ils sont tchétchènes, pas russes.

– Suce-moi. »

Torres lui montra son alliance.

Elle grimaça. « Comme si ç'a t'avait déjà arrêté.

– Donc, personne est sur le coup, pour le cousin Marv ? »

De nouveau, elle lui signifia que non. « Si tu le veux, Evandro, vas-y, il est tout à toi.

– Merci. J'ai été content de te revoir, Lisa. T'es toujours aussi canon. »

Sur un battement de cils, elle lui fit un doigt d'honneur et remonta sa vitre.

La ville se réveilla le lendemain matin sous dix bons centimètres de neige. Après seulement un mois d'hiver, ses habitants avaient déjà connu trois tempêtes de neige relativement importantes et plusieurs chutes de moindre ampleur. À ce rythme, on ne saurait plus où la mettre en février.

Bob et le cousin Marv s'armèrent tous les deux d'une pelle afin de dégager l'entrée du bar, sauf que Marv se contenta de rester appuyé sur la sienne en arguant d'une vieille blessure au genou dont personne d'autre que lui ne gardait le souvenir.

Bob lui parla de sa première journée avec le chien, du coût prohibitif de tous les accessoires qu'il avait dû acheter et de l'épisode de la crotte dans le salon.

« T'as réussi à faire partir la tache ? demanda Marv.

– Presque. Heureusement que c'est pas un tapis clair… »

Les mains croisées sur le manche de sa pelle, Marv l'observa avec attention. « Clair ou pas, c'est le tapis de ta mère ! J'ai marché une fois dessus avec ma godasse – qui était même pas sale, je te rappelle –, et c'est tout juste si tu m'as pas coupé le pied.

– C'est bon, arrête ton cinéma ! » répliqua Bob, que cette repartie surprit au moins autant que Marv. Il n'était pas du genre à envoyer des vannes, et surtout pas à son cousin. En attendant, il devait bien admettre que c'était drôlement agréable.

Marv, qui s'était déjà ressaisi, plaqua une main sur son entrejambe en faisant des bruits de baiser mouillé. Il saisit ensuite sa pelle, qu'il poussa sans conviction durant une bonne minute, se bornant à soulever la neige suffisamment longtemps pour que le vent la disperse, histoire de foutre un peu plus la pagaille.

Deux Cadillac Escalade noires, suivies par une camionnette blanche, se garèrent le long du trottoir, alors que la rue était déserte à cette heure de la journée. Bob n'eut même pas besoin de regarder pour savoir qui avait décidé de leur rendre visite en une fin de matinée neigeuse, dans deux SUV étincelants, lavés et cirés de frais.

Chovka Umarov et ses hommes.

« Les villes sont pas administrées depuis le Capitole, Bob, lui avait dit son père un jour. Elles le sont depuis la cave. La première ville, celle que tu vois, c'est le costume dont on habille un corps pour lui donner une belle apparence. La seconde, c'est le corps lui-même. C'est là qu'on prend les paris, qu'on vend les filles, la came, les télés, les canapés et tout ce que le travailleur peut s'offrir. Les seules fois où le travailleur entend parler de la première ville, c'est quand elle le baise. La seconde, elle, est présente tout autour de lui chaque jour de sa vie. »

Chovka Umarov était le prince de la seconde ville.

Son père, Papa Pytor Umarov, tenait aujourd'hui les rênes. Il partageait le pouvoir avec les anciennes factions irlandaises et italiennes, passait des contrats de sous-traitance avec les Noirs et les Portoricains, mais il était entendu dans la rue – par une sorte d'accord tacite qui avait valeur de loi gravée dans la pierre – que si Papa Pytor décidait de brûler la politesse à certains de ses associés, voire à tous, et de s'en débarrasser, personne ne ferait rien pour s'y opposer.

Anwar descendit du premier SUV, côté conducteur, et fronça les sourcils, manifestement contrarié par le froid, avant de darder sur Bob et Marv un regard aussi glacé que le gin, comme s'ils étaient responsables de la chute des températures.

Chovka sortit à son tour de l'arrière du même SUV, puis enfila ses gants en examinant le trottoir à la recherche d'éventuelles plaques de verglas. Ses cheveux et sa barbe soigneusement taillée étaient du même noir que ses gants. Il n'était ni grand ni petit, ni gros ni maigre, mais, même de dos, il dégageait une telle impression d'énergie que Bob en éprouvait un certain malaise. « Plus on s'approche de César, plus la peur grandit », comme le répétait souvent un de ses profs d'histoire au lycée.

Chovka fit quelques pas et s'arrêta près des deux cousins, sur une partie du trottoir que Bob avait déneigée.

« Franchement, pourquoi on irait s'embêter avec un chasse-neige quand Bob il est là ? » lança-t-il à la cantonade. Et d'ajouter, à l'adresse de l'intéressé : « Toi tu pourrais peut-être passer chez moi, plus tard ?

– Euh, oui », répondit Bob, parce que rien d'autre ne lui venait à l'esprit.

La camionnette blanche oscillait légèrement, Bob l'aurait juré. Le côté proche du trottoir pencha, puis la charge qui avait été déplacée à l'intérieur retrouva sa position au milieu, et le véhicule se stabilisa.

Chovka lui tapota l'épaule. « Non, je rigole. Ah, celui-là, alors ! » Il sourit à Anwar, et ensuite à Bob, mais lorsqu'il concentra son attention sur Marv, ses petits yeux noirs se firent encore plus petits et plus noirs. « Toi tu vis des alloc' ? »

Un coup assourdi se fit entendre dans la camionnette, qui tangua de nouveau.

« Quoi ? murmura Marv.

– Hein ? » Chovka recula légèrement pour mieux le voir.

« Je voulais dire, excusez-moi.

– De quoi ?

– J'ai pas compris la question, dit Marv.

– Je t'ai demandé si toi tu vivais des alloc'.

– Non, non.

– Non, quoi ? C’est pas ce que je t’ai demandé ?

– Non, je vis pas des alloc’. »

Chovka indiqua le trottoir, puis les pelles. « Pourtant, Bob il fait tout le boulot, et toi, tu regardes.

– Pas du tout. » Pour preuve, Marv pelleta un peu de neige, qu’il déversa sur le tas à sa droite. « Je déblaie aussi.

– Ben voyons. » Chovka alluma une cigarette. « Approche. »

Marv porta une main à sa poitrine, le regard brillant d’une question informulée.

« Venez tous les deux », reprit Chovka.

Il les précéda sur le trottoir, où le sel que Bob avait répandu crissait sous leurs pieds comme du verre brisé. Quand il en descendit pour se poster derrière la camionnette, Bob vit ce qui ressemblait à du liquide de transmission couler de sous le véhicule. Sauf qu’il ne pouvait pas y en avoir à cet endroit-là. Et que le liquide en question n’en avait ni la consistance ni la couleur.

Chovka ouvrit les deux portes en même temps.

Deux Tchétchènes bâtis comme des bennes à ordures étaient assis de part et d’autre d’un maigrichon en nage, habillé en ouvrier de chantier : chemise à carreaux bleus sur un maillot de corps, et pantalon de toile brun. On lui avait fourré un chiffon dans la bouche et enfoncé dans le haut du pied droit, dénudé, une mèche métallique d'une quinzaine de centimètres. Sa botte, d'où émergeait une chaussette, gisait juste à côté. Il avait la tête baissée, mais l'un des Tchétchènes l'attrapa par les cheveux, avant de lui fourrer sous le nez un petit flacon ambré. À peine en eut-il inhalé le contenu que l'homme rejeta la tête en arrière. Ses yeux s'ouvrirent au moment précis où l'autre Tchétchène serrait à l'aide d'une clé une nouvelle mèche sur sa perceuse électrique.

« Vous le connaissez ? » s'enquit Chovka.

Bob secoua la tête.

« Non, répondit Marv.

– Moi, je le connais, déclara Chovka. Dès que je l'ai vu, j'ai su qui lui il était. Alors j'ai essayé de lui expliquer, quand il est venu me voir pour traiter avec moi, qu'il devait avoir un centre moral. Hein, Bob ? Tu comprends ?

– Un centre moral, répéta Bob. Euh, oui, m'sieur Umarov.

– Un homme qui a un centre moral, il sait ce qu'il sait, et il sait ce qu'il faut faire. Il est capable de mettre de l'ordre dans ses affaires. Mais un homme sans centre moral, il ignore ce qu'il sait pas, et on peut rien lui expliquer. Parce que s'il savait les choses qu'il sait pas, alors lui il aurait un centre moral. » Il regarda Marv. « Toi tu me suis ?

– Tout à fait, affirma ce dernier. C'est très clair. »

Chovka grimaça. Tira quelques bouffées de sa cigarette.

Dans la camionnette, l'ouvrier de chantier gémit, et le Tchétchène à sa gauche lui assena de grandes claques à l'arrière du crâne jusqu'à le faire taire.

« Quelqu'un a braqué mon bar ? demanda Chovka à Bob.

– Oui, m'sieur Umarov.

– C'est mon père que toi t'appelles "m'sieur Umarov", Bob. Moi, tu m'appelles Chovka. D'accord ?

– Chovka. Oui, m'sieur.

– Qui a fait le coup ?

– On a pas vu leurs visages, répondit Marv. Ils avaient mis une cagoule.

– D'après le rapport de police, l'un d'eux portait une montre cassée. C'est vous qui avez raconté ça aux flics ? »

Marv baissa les yeux vers sa pelle.

« J'ai répondu sans réfléchir, expliqua Bob. Je regrette. »

Durant quelques instants, Chovka contempla l'ouvrier tout en tirant sur sa cigarette. Personne ne disait rien.

« Comment toi tu comptes récupérer l'argent de mon père ? finit-il par lancer à Marv.

– On a fait circuler le mot dans le quartier. »

Chovka tourna la tête vers Anwar. « Tu vois, le mot circule. Comme notre fric. »

L'ouvrier dans la camionnette se chia dessus. Tous l'entendirent, et feignirent de n'avoir rien remarqué.

Puis Chovka referma les portes du véhicule, et, le poing fermé, tapa à deux reprises sur l'une d'elles. La camionnette démarra.

Il se tourna vers les deux cousins. « Retrouvez-moi ce foutu pognon ! »

Sur ces mots, il remonta dans l'Escalade. Anwar s'immobilisa près de la portière, regarda Bob et lui montra une plaque de neige oubliée. Il se glissa ensuite au volant, et les deux SUV s'écartèrent du trottoir.

Le cousin Marv les salua quand ils atteignirent le panneau de stop et tournèrent à droite. « Et une putain de bonne année à vous aussi, messieurs ! »

Bob s'activa un moment en silence. Marv, appuyé sur sa pelle, scrutait la rue.

« Ce type, dans la camionnette…, dit-il enfin. Je veux pas en parler, et je veux pas qu'on m'en parle. Jamais. On est d'accord ? »

Bob, qui n'avait aucune envie d'en parler non plus, se borna à hocher la tête.

Au bout d'un moment, Marv reprit : « Comment on est censés le retrouver, ce fric ? Si on savait où il est, ça voudrait dire qu'on sait qui l'a volé, ce qui voudrait dire qu'on est dans le coup, ce qui voudrait dire qu'ils vont nous coller une balle dans le crâne. Alors, comment on est censés s'y prendre ? »

Estimant que la question n'appelait pas de réponse, Bob continua de déblayer la neige.

« Foutus Tchétchéniens », marmonna Marv en allumant une Camel.

Cette fois, Bob s'interrompit. « Tchétchènes.

– Hein ?

– On dit Tchétchènes, pas Tchétchéniens. »

Les yeux de Marv s'arrondirent. « Ils viennent bien de Tchétchénie, non ? »

Bob haussa les épaules. « D'accord, mais c'est pas pour autant qu'on dit "Irlandiens" pour ceux qui viennent d'Irlande. »

Appuyés chacun sur sa pelle, ils se perdirent tous les deux dans la contemplation de la rue, jusqu'au moment où Marv suggéra de rentrer. Il faisait froid, dit-il, et son genou le mettait au supplice.

5

Le cousin Marv

À la fin de l'année 1967, quand les bons citoyens de Boston avaient élu Kevin White à la mairie, la voix du cousin Marv avait été jugée tellement belle qu'on l'avait choisi, parmi tous ses camarades de CE2, pour chanter à la cérémonie d'investiture. Tous les matins, il allait en classe à Saint-Dom, et tous les après-midi après le déjeuner, il traversait la ville en bus pour aller faire des vocalises dans une chorale de garçons à l'Old South Church de Back Bay. L'église, sise au 645 Boylston Street – Marv ne devait jamais oublier l'adresse –, avait été construite en 1875. Elle se dressait sur une place, presque en face de Trinity Church, un autre chef-d'œuvre architectural, et à un jet de pierre de la bibliothèque municipale, ainsi que de l'hôtel Copley Plaza – quatre édifices tellement majestueux que, quand le jeune Marv y entrait, ne serait-ce que pour descendre dans leur sous-sol, il se sentait plus proche du Ciel. Plus proche du paradis, de Dieu, des anges ou autres esprits célestes qui flottaient au bord des vieux tableaux. Marv se rappelait avoir eu sa première intuition adulte à cette époque où il chantait avec les autres : se sentir plus proche de Dieu, c'était aussi se sentir plus proche de la connaissance.

Et puis, il s'était fait virer de la chorale.

Un des gamins, Chad Benson – Marv ne devait jamais oublier non plus le nom de ce petit con –, avait affirmé l'avoir vu voler une barre Baby Ruth dans le cartable de Donald Samuel, au vestiaire. Il l'avait dit devant tous les gosses de la chorale, alors que le chef de chœur et les accompagnateurs s'étaient absentés le temps d'une pause-pipi en bas. Tout le monde savait que Marv était pauvre, avait-il ajouté, mais la prochaine fois qu'il aurait faim, il n'aurait qu'à demander et on lui ferait la charité. Marv s'était défendu en l'accusant de raconter des conneries. Chad s'était moqué de lui, parce qu'il bafouillait et rougissait. Puis il l'avait traité de cas social, en lui demandant si toute sa famille s'habillait au rabais, ou s'il n'y avait que lui et sa mère qui achetaient leurs fringues au Bargain Basement de Quincy. Cette fois, Marv lui avait balancé son poing dans la figure, avec tant de force que le craquement avait résonné dans le sanctuaire. Quand Chad s'était écroulé, Marv s'était jeté sur lui et, l'attrapant par les cheveux, lui avait encore tapé la tête deux fois par terre. C'est le troisième coup qui lui avait décollé la rétine. Ce n'était cependant pas cette blessure, malgré sa gravité, qui avait changé le destin de Marv ; son sort avait été scellé à l'instant même où il levait la main sur l'autre morveux. Les Chad Benson de ce monde, avait-il appris alors, étaient intouchables. Leur autorité n'était pas contestable. Pas par les Marvin Stipler de ce monde, en tout cas.

Alors qu'il lui annonçait son renvoi immédiat, Ted Bing, le chef de chœur, lui avait assené le coup de grâce en lui disant que, s'il devait se fier à son oreille exercée, il muerait vers neuf ans.

Marv en avait huit.

Il n'avait même pas été autorisé à rentrer en car avec les autres. On lui avait juste donné le prix du ticket, et il s'était débrouillé tout seul pour prendre la Red Line en direction d'East Buckingham. Il avait ensuite attendu d'être sorti de la station pour dévorer la barre de Donald Samuel, sans doute l'en-cas le plus exquis qu'il ait jamais mangé de toute sa vie, avant l'incident comme après. À la délicieuse texture du chocolat légèrement fondu s'ajoutait la riche saveur douce-amère de l'auto-apitoiement, qui flattait chacune de ses papilles et lui mettait du baume au cœur. Le mélange d'indignation vertueuse et du sentiment d'être victime d'une injustice flagrante était plus jouissif – ce que Marv ne s'avouerait pas souvent – que n'importe quel orgasme dans toute l'histoire de la baise.

Le bonheur l'angoissait, parce qu'il le savait appelé à ne pas durer. Mais le bonheur anéanti méritait qu'on l'étreigne, parce qu'il vous rendait toujours la pareille.

Sa voix avait mué à neuf ans, ainsi que l'avait prédit cet imbécile de Ted Bing. Il n'était plus question de chorale pour lui. Jusqu'à la fin de ses jours, Marv ferait son possible pour éviter le centre-ville. Tous ces vieux bâtiments, autrefois objets de son adoration, s'étaient transformés en miroirs impitoyables. Dans le reflet qu'ils lui renvoyaient, il voyait toutes les versions de lui-même qu'il n'était jamais devenu.

Après que Chovka leur eut fait sa petite démonstration – avec à l'appui sa Guantanamobile, son regard de parfait salopard et son attitude de parfait salopard –, Marv avait fini de déblayer l'allée, malgré son genou et le reste, tandis que Bob demeurait planté là à le regarder, rêvassant sans doute à ce chien devenu une telle obsession pour lui qu'on ne pouvait pratiquement plus lui parler de rien d'autre. De fait, quand ils étaient rentrés tous les deux dans le bar, il était reparti sur le sujet. Marv ne lui avait pas montré à quel point il trouvait ses histoires assommantes, car, au fond, c'était plutôt agréable de voir son cousin s'enthousiasmer pour quelque chose.

Le problème de Bob ne venait pas seulement de ce qu'il avait été élevé par des parents âgés, simples, n'ayant que peu d'amis et pas de réseau social. Il venait aussi de ce qu'ils l'avaient choyé à outrance, l'entourant d'un amour désespéré si étouffant (sans doute, soupçonnait Marv, parce qu'ils savaient imminent leur départ du monde des vivants) qu'il n'avait jamais complètement acquis les moyens de survivre dans un monde d'hommes. Pourtant – et bon nombre de ceux qui le connaissaient à présent en seraient les premiers surpris –, il pouvait devenir carrément effrayant si on appuyait sur le mauvais bouton dans son cerveau ramolli. Mais son besoin d'affection et de reconnaissance était tel qu'il l'emportait, et de loin, sur son envie de casser la gueule à ceux qui le traitaient comme une merde.

Or, aujourd'hui, ils avaient la mafia tchétchène sur le dos, parce que Bob avait été assez bête pour donner de lui-même des informations à un flic. Et pas n'importe quel flic. Un flic qu'il connaissait pour le voir tous les jours à l'église.

Aujourd'hui, ils avaient la mafia tchétchène sur le dos, parce que Bob était un faible.

Ce soir-là, Marv rentra chez lui de bonne heure. Tout était calme au bar, il n'avait donc aucune raison de s'y attarder alors qu'il payait Bob pour faire… son putain de boulot, justement. Il s'arrêta dans le vestibule le temps d'enlever manteau, gants, chapeau et écharpe – à quoi servait l'hiver, sinon à accumuler des fringues dont un Hawaïen ne soupçonnait même pas l'existence ?

« C'est toi ? appela Dottie de la cuisine.

– Pourquoi ? T'attends quelqu'un d'autre, peut-être ? répliqua-t-il avec humeur, alors qu'il s'était promis, pour la nouvelle année, de se montrer plus gentil envers sa sœur.

– Bah, ç'aurait pu être un de ces gamins qui prétendent vendre des abonnements à des magazines, soi-disant pour se sortir du ghetto… »

Il chercha une patère à laquelle suspendre son chapeau. « Il aurait pas sonné d'abord, ce gamin ?

– Ils sont bien capables de t'égorger.

– Qui ?

– Ces gosses.

– Avec des magazines ? Bien sûr. Et comment ils font, hein ? Ils prennent le formulaire d'abonnement à l'intérieur, et ils te cisaillent la gorge avec ?

– J'ai mis ton steak à cuire. »

Marv l'entendait grésiller dans la poêle. « J'arrive. »

Il se débarrassa de sa botte droite à l'aide de son pied gauche, mais dut ôter l'autre à la main.

La pointe en était assombrie, et il crut au début qu'elle était détrempée par la neige.

Mais non, c'était du sang.

Celui qui avait coulé du pied de cet ouvrier, par le trou dans le plancher de la camionnette, jusque dans la rue.

Jusqu'à sa botte.

Foutus Tchétchènes.

Suffisamment tordus pour donner matière à réflexion à un idiot. Et pour donner de l'ambition à un type plus malin.

Quand il entra dans la cuisine, Dottie, en blouse et pantoufles en peluche à tête d'orignal, le regard rivé sur sa poêle, affirma : « T'as l'air crevé.

– T'as même pas regardé.

– J'ai regardé hier. » Elle se retourna pour lui adresser un sourire empreint de lassitude. « Là, je te regarde. »

Marv sortit une bière du frigo en essayant de chasser de son esprit l'image de ce pied ensanglanté, et de ce dingue de Tchétchène à côté qui resserrait la mèche de la perceuse à l'aide d'une clé spéciale.

« Et ? demanda-t-il.

– T'as l'air crevé », conclut Dottie d'un ton triomphant.

Après le dîner, Dottie passa au salon pour suivre ses émissions préférées, et Marv partit au club de sport dans Dunboy. Il avait bu trop de bière pour s'entraîner, mais rien ne l'empêchait de s'accorder une bonne suée.

À cette heure, il n'y avait personne au hammam – il n'y avait pas grand monde non plus dans le club lui-même – et, quand il en ressortit, Marv se sentait nettement mieux. Presque aussi bien que s'il avait fait une séance de musculation – ce qui, à la réflexion, ne lui arrivait pratiquement jamais.

Sous la douche, il en vint à regretter de ne pas avoir apporté de bière en douce, parce que rien ne valait le plaisir d'une bonne bière fraîche sous une douche chaude après une velléité d'entraînement. Il se rhabilla ensuite près de son casier. Ed Fitzgerald, posté devant le sien, en tripotait distraitement le cadenas.

« J'ai entendu dire qu'ils étaient sacrément remontés », déclara-t-il.

Marv enfila son pantalon en velours côtelé. « Ils sont pas contents, c'est sûr. Ils ont été braqués, après tout.

– Remontés à bloc en mode tchétchène », insista Fitz. Il renifla, et Marv aurait parié que ce n'était pas à cause du froid.

« Non, ils gèrent. Toi aussi, tu vas gérer. Continue à faire profil bas. Pareil pour ton frangin. » Il regarda Fitz en laçant ses chaussures. « Y a un problème, avec sa montre ?

– Pourquoi ?

– J'ai remarqué qu'elle marchait pas. »

Fitz prit un air embarrassé. « Bah, elle a jamais marché. C'était un cadeau de papa pour son dixième anniversaire. Elle s'est arrêtée dès le lendemain. Papa pouvait pas la rapporter, parce qu'il l'avait fauchée. Il a dit à Bri : "Tu vas pas pleurnicher, hein ? Après tout, elle est à l'heure deux fois par jour." Bri s'en sépare jamais. »

Marv boutonna sa chemise par-dessus son maillot de corps. « Il aurait intérêt à s'en acheter une autre.

– Mais quand est-ce qu'on va se faire la vraie livraison, bon sang ? Ça me plaît pas trop d'avoir risqué ma vie, ma putain de liberté, ma… tout, quoi, pour cinq mille malheureux biftons. »

Sa veste sur le bras, Marv referma son casier. « Imaginons un instant que je sois pas un complet crétin sans un plan en tête. Quand un avion se crashe, quelle compagnie tu prends pour voyager le lendemain ?

– Celle qui a subi le crash. »

Marv lui adressa son sourire le plus hypocrite. « Tout juste. »

Fitz le suivit hors du vestiaire. « Je comprends rien à ce que tu racontes. Tu me parlerais brésilien que ce serait pareil.

– Les Brésiliens parlent portugais.

– Ah ouais ? Ben, je les emmerde. »

6

Via crucis

Quand tous les fidèles réunis pour la messe de sept heures sortirent de l'église – y compris l'inspecteur Torres, qui le gratifia au passage d'un regard méprisant – et que le père Regan se fut retiré dans la sacristie pour ôter sa soutane et nettoyer les calices (une tâche autrefois confiée aux enfants de chœur, mais, aujourd'hui, plus aucun ne voulait assurer l'office de sept heures), Bob demeura un moment sur son banc. Il ne priait pas, se bornant à se laisser envelopper par le silence si apaisant des lieux, un silence comme on en fait rarement l'expérience en dehors d'une église, pour réfléchir à une semaine riche en rebondissements. Il gardait le souvenir d'années entières durant lesquelles il ne lui était rien arrivé de notable : lorsqu'il consultait le calendrier, pensant qu'on était au mois de mars, il s'apercevait qu'on était en novembre. Or, au cours des sept jours précédents, il avait trouvé le chien (qui n'avait toujours pas de nom), rencontré Nadia, affronté des braqueurs armés, adopté le chien, et reçu la visite d'un gangster qui faisait torturer de pauvres diables à l'arrière d'une camionnette.

Il leva les yeux vers le plafond voûté. Contempla quelques instants l'autel de marbre, puis les stations du chemin de croix, disposées à intervalles réguliers entre les vitraux dédiés aux saints. La montée au Calvaire, avec à chaque arrêt une sculpture matérialisant le dernier voyage du Christ dans le monde temporel, de sa condamnation à sa crucifixion et à sa mise au tombeau. Il y avait quatorze stations réparties dans l'église. Bob aurait pu les dessiner de mémoire s'il avait eu un bon coup de crayon. Même chose pour les saints sur les vitraux, en commençant par saint Dominique, bien sûr, saint patron des femmes enceintes – à ne pas confondre avec l'autre saint Dominique, saint patron des accusés à tort et fondateur de l'ordre des Dominicains. La plupart des membres de la paroisse ignoraient qu'il y avait deux saint Dominique, et ceux qui le savaient auraient été bien en peine de dire lequel avait donné son nom à leur église. Bob, lui, le savait. Il l'avait appris par son père, sans doute l'homme le plus pieux qu'il ait jamais rencontré, qui avait assisté les prêtres de l'église Saint-Dominique durant de nombreuses années.

« P'pa ? Pourquoi ne pas m'avoir dit qu'il y avait en ce monde des hommes qui battaient des chiens et les laissaient mourir dans des poubelles en plein hiver, et aussi des hommes qui se servaient d'une perceuse pour torturer leurs semblables ?

– Je n'avais pas à te le dire. La cruauté existait déjà bien avant la Bible. La sauvagerie s'est dressée en se frappant la poitrine dès l'aube de l'humanité, et cela n'a pas cessé un seul jour depuis. Le pire, chez les hommes, est un lieu commun. Le meilleur est beaucoup plus rare. »

Bob alla d'une station à l'autre. *Via crucis*. Il s'arrêta devant la quatrième, qui montrait Jésus courbé sous le poids de la croix, le front ceint de la couronne d'épines, arrêté devant Sa mère, tandis que les deux centurions derrière Lui se tenaient prêts à se servir de leur fouet pour L'éloigner d'elle et Le forcer à gravir la colline, où ils Le crucifieraient à cette même croix qu'ils L'avaient contraint à porter. Ces centurions s'étaient-ils repentis, plus tard ? se demanda Bob. Pouvaient-ils seulement se racheter ?

Ou certains péchés étaient-ils trop énormes ?

L'Église affirmait que non. Du moment que le repentir était sincère, l'Église certifiait que Dieu était prêt à pardonner. Mais elle ne faisait que proposer des interprétations ; elle était faillible. Et si elle se trompait ? Était-il possible que certaines âmes ne puissent jamais être sauvées des profondeurs obscures de leur péché ?

S'il fallait considérer le Paradis comme une destination enviable, alors l'Enfer devait accueillir au moins le double d'âmes.

Bob ne s'était pas aperçu qu'il avait baissé la tête, jusqu'au moment où il la releva.

À gauche de la quatrième station du chemin de croix figurait une représentation de sainte Agathe, sainte patronne des infirmières et des boulangers, entre autres, et à droite une autre de saint Roch, saint patron des célibataires, des pèlerins et…

Bob recula dans la travée pour regarder le vitrail devant lequel il était passé si souvent qu'il n'y prêtait même plus attention. Là, dans le coin en bas à droite, se trouvait un chien qui levait les yeux vers son saint et maître.

Saint Roch, patron des célibataires, des pèlerins et…

… des chiens.

« Rocco, dit Nadia lorsqu'il lui eut fait part de son idée de nommer le chiot ainsi, en l'honneur de saint Roch. Oui… ça me plaît. Ça sonne bien.

– Tu trouves ? J'ai failli l'appeler Cassius, en fait.

– Pourquoi ?

– Parce que j'ai cru que c'était un boxer.

– Et ?

– Cassius Clay, expliqua Bob.

– C'était un boxeur ?

– Oui. Il s'est choisi un nouveau nom : Mohamed Ali.

– Ah oui, lui, j'en ai entendu parler », dit-elle, et Bob se sentit soudain un peu moins vieux. Sauf qu'elle ajouta aussitôt : « Il a pas donné son nom à un gril, un truc comme ça ?

– Euh non, ça c'est un de ses anciens adversaires, qui a monté sa boîte. »

Tous deux, accompagnés du jeune Rocco nouvellement baptisé, suivaient un chemin qui longeait le fleuve dans Pen' Park. Nadia passait parfois chez Bob après son travail, et ils allaient ensemble promener le chien. Bob la trouvait bien un peu bizarre – la présence du chiot si près de chez elle ne lui avait pas échappé, pas plus que l'absence de surprise ou d'intérêt dont elle avait fait preuve en le découvrant –, mais, bon, y avait-il une seule personne sur cette planète qui ne soit pas un peu bizarre ? Et même plus qu'un peu, la plupart du temps. Alors, quand Nadia venait lui donner un coup de main, Bob, qui n'avait jamais connu l'amitié dans sa vie, n'était que trop heureux de recevoir ce qu'on voulait bien lui offrir.

Ils avaient entrepris de dresser Rocco à s'asseoir, à se coucher, à donner la patte et à rouler sur le dos. Bob, qui avait lu en entier le livre des moines, appliquait leurs instructions à la lettre. Le vétérinaire purgea le chiot et le guérit de la toux de chenil avant qu'elle se soit ouvertement déclarée. Il le vaccina contre la rage, contre la maladie de Carré, et déclara que les blessures à la tête ne laisseraient pas de séquelles. Ce n'étaient que des hématomes, dit-il. Impressionnants, certes, mais sans gravité. Rocco fut enregistré auprès de la Société canine. Il grandissait vite.

Ce jour-là, Nadia leur enseignait à tous les deux l'ordre « Au pied ».

« OK, Bob. T'as compris ? Tu t'arrêtes brusquement, et tu le dis. »

Bob pila net et tira sur la laisse pour amener Rocco à s'asseoir près de son pied gauche. Le chiot, stoppé dans son élan, tourna sur lui-même et se coucha sur le dos.

« Au pied. Non, Rocco. Au pied ! »

Sans le quitter des yeux, le chiot s'assit.

« Bon, c'est pas si mal, commenta Nadia. Vas-y, Bob, fais dix pas et recommence. »

Maître et chien avancèrent sur le chemin, puis Bob s'arrêta de nouveau. « Au pied. »

Docilement, Rocco s'assit.

« C'est bien », le félicita Bob, avant de lui donner une friandise.

Ils refirent dix pas, et un nouvel essai. Cette fois, Rocco sauta sur place, presque aussi haut que la hanche de Bob, atterrit sur le flanc et se roula par terre à plusieurs reprises.

« Au pied ! ordonna Bob. Au pied ! »

Encore dix pas, et une autre tentative. Couronnée de succès, celle-là.

Mais la suivante échoua.

Bob interrogea Nadia du regard. « Ça prend du temps, j'imagine… »

Elle confirma d'un signe de tête. « Plus ou moins. Dans votre cas… eh bien, c'est vrai, je pense qu'il faudra de la patience. »

Un peu plus tard, Bob détacha la laisse. Rocco détala aussitôt vers les arbres, et louvoya entre les troncs les plus proches du chemin.

« Il ne s'éloignera pas de toi, déclara Nadia, devinant l'inquiétude de Bob. T'as remarqué ? Il te surveille du coin de l'œil. »

Bob en rougit de fierté. « Il dort sur mes genoux quand je regarde la télé.

– Ah oui ? » Nadia sourit. « Il lui arrive toujours de faire ses besoins dans la maison ? »

Un soupir échappa à Bob. « Hélas, oui… »

Une centaine de mètres plus loin, ils s'accordèrent une pause devant les toilettes. Nadia disparut à l'intérieur, pendant que Bob rattachait Rocco et lui donnait une autre friandise.

« C'est un sacré beau chien que vous avez là. »

Bob se retourna vers la voix – celle d'un jeune qui arrivait dans leur direction : cheveux mi-longs et gras, silhouette dégingandée, yeux clairs, un petit anneau en argent dans le lobe gauche.

Il lui adressa un hochement de tête, assorti d'un sourire.

« Un sacré beau chien, répéta le jeune.

– Merci, dit Bob.

– Magnifique, même. »

Un peu intrigué, Bob le regarda de nouveau, mais l'autre s'éloignait déjà, capuche remontée sur la tête, mains dans les poches et épaules rentrées pour affronter le froid.

À peine sortie des toilettes, Nadia perçut le changement dans l'expression de Bob.

« Qu'est-ce qui se passe ? »

De la tête, Bob indiqua le chemin. « C'est ce gars, là-bas, qui n'arrêtait pas de répéter que Rocco était un beau chien.

– C'est vrai.

– Peut-être, sauf que…

– Quoi ? »

Bob haussa les épaules et décida de laisser tomber, même s'il avait la certitude, au plus profond de lui, que l'incident n'avait rien d'anodin. Il le sentait : c'était comme un soudain accroc dans le tissu du monde.

Aujourd'hui, Marv en était réduit à payer pour coucher.

Après sa demi-heure hebdomadaire avec Fantasia Ibanez, il rentra chez lui. Une fois par semaine, il prenait la direction des Heights, pour aller la retrouver dans la chambre du fond d'une des anciennes maisons de gardiens situées au sommet de la colline, et que Betsy Cannon avait transformée en claque. Toutes les habitations du coin, de style Second empire victorien, avaient été construites dans les années 1800, quand la prison constituait la principale source d'emplois à East Buckingham. De la prison elle-même, disparue depuis longtemps, ne subsistaient que les noms qui lui avaient été associés : Penitentiary Park, Justice Lane, Probation Avenue, et le plus vieux bar du quartier, The Gallows[1].

Marv redescendit à pied jusqu'aux Flats, surpris par la douceur de l'air. La température, qui avait avoisiné les cinq degrés dans la journée, se maintenait en début de soirée. Des ruisseaux de neige fondue gargouillaient dans les gouttières, les égouts refoulaient un liquide gris sur les trottoirs, les façades en bois étaient parsemées de gouttelettes d'humidité, comme si elles avaient passé l'après-midi à transpirer.

En approchant de chez lui, il se demanda comment il était devenu le genre d'homme qui habite avec sa sœur et a recours aux rapports tarifés. Dans l'après-midi, il était allé voir son père, et lui avait servi tout un tas de mensonges, alors que Marv senior n'avait même pas conscience de sa présence dans la chambre. Il lui avait raconté qu'il avait profité du boom de l'immobilier commercial, ainsi que du peu d'autorisations de vendre de l'alcool délivrées par la Ville, pour céder le Cousin Marv à prix d'or. Ainsi, il aurait de quoi lui offrir une maison de retraite digne de ce nom – comme celle tenue par les

---

1. En français, La Potence.

Allemands à West Roxbury, peut-être, s'il réussissait à graisser les bonnes pattes. Et bientôt, il aurait les moyens de les graisser. Une fois tous les papiers signés et le compte approvisionné – « Tu sais comment sont les banques, p'pa, elles veulent rien lâcher tant que tu les supplies pas à genoux de te rendre ton fric » –, il subviendrait de nouveau aux besoins de la famille, comme il l'avait fait à l'apogée de sa gloire.

Sauf que le vieux n'avait pas voulu de son argent, à l'époque. Ce qu'il avait pu l'exaspérer, à lui demander tout le temps dans son mauvais polonais (Stipler était une version américanisée, même pas très convaincante, de Stepanksi) pourquoi il ne se trouvait pas un travail honnête, comme son père, sa mère et sa sœur…

Marvin senior avait été cordonnier, sa femme avait travaillé dans une laverie pendant trente ans, et Dottie manipulait de la paperasse pour la compagnie d'assurances Allstate. Mais Marv aurait encore préféré vendre sa bite à la science plutôt que de bosser comme larbin pour un salaire de misère. Pas question pour lui de se réveiller un matin, au bout du chemin, en se demandant : « Qu'est-ce que j'ai foutu de ma vie, nom de Dieu ? »

Pourtant, en dépit de leurs différends, Marv aimait son père et s'imaginait que son amour était payé de retour. Ils avaient souvent assisté ensemble aux matchs des Sox, et se défendaient bien quand ils participaient une fois par semaine aux rencontres de la 50 Tenpin Bowling League, le vieux ayant un vrai don pour réaliser le split 7-10, le plus difficile. Puis il y avait eu le premier infarctus, suivi un an plus tard par l'arrêt cardiaque, suivi un an plus tard par le second infarctus, suivi trois mois plus tard par le second arrêt cardiaque. Aujourd'hui, Marvin Stipler senior passait ses journées assis dans une salle sombre qui sentait le moisi – et pas l'odeur de moisi dégagée par les murs humides, mais celle qui émane des humains à l'approche de la fin. Malgré tout, Marv se raccrochait à l'espoir que le vieux était encore là, quelque part, et que non seulement il allait revenir, mais que, le jour où il reviendrait, il y aurait de la vie dans son regard. Après tout, des choses bien plus étranges se produisaient chaque jour dans le monde. Le truc, c'était de ne jamais renoncer à l'espoir – de ne jamais renoncer, et de trouver de l'argent pour le placer dans un établissement où les employés ne se résignaient pas à jouer les garde-meubles, mais croyaient aux miracles.

De retour chez lui, Marv alla se chercher une bière, une dose de Stoli et son cendrier, puis rejoignit sa sœur dans le salon où ils avaient installé le téléviseur et les fauteuils inclinables Barcalounger. Dottie avait déjà attaqué un bol de glace Rocky Road. Elle affirma que c'était son second, aussi en déduisit-il qu'elle en était à son troisième, mais de quel droit pourrait-il lui reprocher de s'accorder des petits plaisirs ? Il alluma une cigarette et regarda une publicité pour les aspirateurs autonomes, où on voyait des engins bizarroïdes s'activer sur le sol d'une ménagère souriante, comme les robots qui finissent toujours par se retourner contre les hommes dans les films de science-fiction. Marv imagina ladite ménagère souriante ouvrant un placard, pour découvrir deux de ces affreux machins en forme de soucoupe volante occupés à comploter à voix basse. Elle serait alors la première à valser, chacun la prenant par un bout avant de la tailler en pièces.

Il avait toujours des idées de ce genre. Un de ces jours, se disait-il parfois, il faudrait qu'il se mette à écrire.

Quand *American Idol* reprit, Dottie s'adressa à lui. « On devrait s'inscrire à cette émission.

– Tu sais pas chanter », lui rappela-t-il.

Elle agita sa cuillère. « Non, l'autre, où ils envoient les gens partout dans le monde chercher des indices et d'autres trucs.

– *The Amazing Race* ? »

Elle hocha la tête.

Marv lui tapota le bras. « Écoute, Dottie, t'es ma frangine et je t'aime, mais, entre mes clopes et tes crèmes glacées, je vois d'ici le tableau : ils seraient obligés de cavaler à côté de nous avec des défibrillateurs et des putains d'électrodes ! Tous les dix pas, ils seraient là – *Bzzz ! Bzzz !*

- N'empêche, ce serait marrant, déclara-t-elle en raclant le fond de son bol. On découvrirait plein de choses.

– Quoi, par exemple ?

– D'autres pays, d'autres façons de vivre… »

À cet instant seulement, Marv fut frappé par la pensée que, après le braquage du relais, il serait obligé de quitter le pays. Il n'y aurait pas moyen de faire autrement. Oh, bon sang… Il ne pourrait même pas dire adieu à Dottie, il n'aurait que le temps de partir. Et merde ! Le monde exigeait décidément beaucoup des ambitieux.

« T'as vu papa aujourd'hui ? demanda-t-elle soudain.

– Je suis passé, oui.

– Ils veulent leur argent, Marv. »

Il balaya la pièce du regard.

« Qui, "ils" ?

– La maison de retraite.

– Ils l'auront. » Marv écrasa sa cigarette. Il se sentait soudain épuisé. « Ils l'auront. »

Dottie posa son bol sur la petite table entre eux. « Ce sont les agents de recouvrement qui appellent, maintenant. Tu sais, avec la baisse de la prise en charge médicale, et moi qui vais partir en retraite... Ils l'enverront ailleurs.

– Où ?

– Dans un endroit pire.

– Ça existe ? »

Elle le regarda attentivement. « Le moment est peut-être venu. »

Marv alluma une cigarette, alors qu'il avait encore la gorge à vif après la précédente. « De le tuer, c'est ça ? Papa... Il est devenu encombrant.

– Il est déjà mort, Marv.

– Ah oui ? Et qu'est-ce que tu fais de tous ces bips qui sortent des machines ? Des lignes qui ondulent sur leurs écrans ? Ça, Dottie, ça veut dire qu'il y a de la vie.

– C'est juste de l'électricité, Marv. »

Il ferma les yeux. L'obscurité lui parut douce et accueillante. « Aujourd'hui, j'ai approché sa main de mon visage. » Il ouvrit les yeux, regarda sa sœur. « J'entendais circuler son sang. »

Ils gardèrent le silence pendant un long moment. *American Idol* cédait la place à une nouvelle série de spots publicitaires quand Dottie s'éclaircit la gorge et rouvrit la bouche.

« J'irai en Europe dans une autre vie », déclara-t-elle.

Marv chercha son regard et la remercia d'un hochement de tête.

Au bout d'une minute, il lui tapota la jambe. « Tu re-veux de la glace ? »

En guise de réponse, elle lui tendit le bol.

7

Deeds

Evandro Torres avait cinq ans quand il était resté coincé sur la grande roue Ferris de Paragon Park, à Nantasket Beach. Ses parents l'avaient laissé monter tout seul sur le manège. À ce jour, il ne comprenait toujours pas ce qui leur était passé par la tête, ni comment le personnel du parc avait pu installer un gosse de cinq ans seul dans une nacelle qui s'élevait à trente mètres de hauteur. À l'époque, évidemment, personne ne se souciait beaucoup des consignes de sécurité concernant les enfants ; vous demandiez à votre père de boucler votre ceinture de sécurité tandis qu'il roulait à tombeau ouvert sur la 95, une bouteille de Schlitz entre les cuisses, et il vous tendait sa cravate en vous disant de vous démerder.

Ce jour-là, le jeune Evandro Torres s'était retrouvé immobilisé tout en haut de la grande roue quand le mécanisme s'était bloqué – immobilisé sous un soleil chauffé à blanc qui s'acharnait sur son visage et son crâne comme une nuée de guêpes. S'il regardait à gauche, il avait sous les yeux toute l'étendue du parc, et le reste de Hull et de Weymouth au-delà. Il apercevait même certaines parties de Quincy. À sa droite se déployait l'océan – de l'eau à n'en plus finir –, ponctué par les Harbor Islands et, plus loin, par les contours des gratte-ciel de Boston. Et il s'était dit soudain qu'il voyait le monde comme Dieu Lui-même le voyait.

Il avait alors senti un grand froid l'envahir, en constatant à quel point tout était petit et fragile – les hommes, les bâtiments…

Quand la roue s'était enfin remise en mouvement, quand les employés avaient enfin pu le faire redescendre sur la terre ferme, ils avaient cru qu'il pleurait parce qu'il avait eu peur du vide. De fait, il n'avait jamais été fan des sommets par la suite, mais ce n'était pas ce qui expliquait ses larmes ce jour-là. Il pleurait – et il avait sangloté si longtemps que, sur le trajet du retour, son père Hector avait menacé de le flanquer dehors sans arrêter la voiture – parce qu'il avait compris que la vie avait une fin. « Oui, oui, dirait-il au psy qu'il irait consulter après sa seconde rétrogradation, je sais – on sait tous – que la vie a une fin. Sauf que, au fond, on n'y croit pas. Quelque part, dans un petit coin de notre tête, on pense qu'on va s'en sortir quand même, qu'il va se passer un truc susceptible de changer la donne – une nouvelle découverte scientifique, le Second Avènement, les aliens, n'importe quoi mais quelque chose – et de nous permettre de vivre pour toujours. » Mais lui, Evandro Manolo Torres, n'avait que cinq ans lorsque la certitude qu'il allait mourir s'était imposée à lui avec la force d'une révélation. Peut-être pas tout de suite, bien sûr. Ou peut-être que si.

Cette prise de conscience avait déclenché un compte à rebours dans sa tête et un glas dans son cœur, qui sonnait les heures – toutes les heures.

Alors Torres priait. Il allait à la messe. Il lisait la Bible. Il essayait de communier tous les jours avec le Seigneur Notre Sauveur et Père à tous.

Et il buvait trop.

Durant un temps, il avait aussi trop fumé et abusé de la coke, deux dépendances nocives dont il s'était cependant libéré cinq ans plus tôt.

Il aimait sa femme et ses enfants, et il s'efforçait de le leur montrer tous les jours.

Ce n'était cependant pas suffisant. Le gouffre en lui – l'abîme, la béance, la plaie ouverte dans son cœur – ne se refermait pas. Quelle que soit l'image que les autres avaient de lui, quand Torres se regardait, il voyait un homme foncer vers un point à l'horizon qu'il n'atteindrait jamais. Et, un jour, la lumière s'éteindrait d'un coup, interrompant sa course effrénée. Pour ne jamais se rallumer. Pas dans ce monde.

Cette pensée affolait le compte à rebours, faisait résonner plus fort le glas, et plongeait Torres dans un état de panique totale, mélange d'impuissance et du désir désespéré de se raccrocher à quelque chose, n'importe quoi, qui puisse l'ancrer dans le présent.

Or, depuis qu'il était en âge de l'apprécier, c'était la chair qui avait cet effet sur lui.

Ce qui expliquait pourquoi il s'apprêtait aujourd'hui à partager de nouveau le lit de Lisa Romsey, deux ans après en être sorti. Déjà, ils retrouvaient les gestes d'avant, comme s'ils ne s'étaient jamais quittés, s'accordant chacun au rythme de l'autre avant même d'atterrir sur le matelas, le souffle et la peau imprégnés d'alcool, mais rendus brûlants par le désir. Lorsqu'il jouit, Torres sentit l'onde de plaisir se propager dans tout son corps. Lisa jouit en même temps que lui, et laissa échapper un râle à faire trembler le plafond.

Il fallut à Torres cinq secondes pour se dégager, et cinq autres pour éprouver la morsure du regret.

Elle s'assit dans le lit, attrapa la bouteille de rouge sur la table de nuit et but au goulot. « Dieu que c'était bon », dit-elle. Et : « Oh, putain. » Et : « Fait chier. »

Puis elle lui tendit la bouteille.

Il avala une gorgée de vin. « Eh, te bile pas. Ça arrive, ce genre de truc.

– C'est pas pour autant que ça devrait, connard.

– Pourquoi tu me traites de connard ?

– Parce que t'es marié.

– Mal. »

Elle reprit la bouteille. « T'es pas heureux ?

– Non, c'est pas ça, répondit-il. On est même plutôt heureux, dans l'ensemble, c'est juste qu'on a des problèmes avec le concept de fidélité conjugale. Pour nous, c'est aussi abscons que la théorie des cordes. Merde, quand je pense que je vais devoir confesser toutes ces conneries au prêtre demain, en le regardant bien en face...

– T'es le pire catholique que je connaisse. »

Il lui fit les gros yeux en étouffant un petit rire. « Ça m'étonnerait.

– Ah oui ? Et qu'est-ce qui te rend si sûr de toi, pécheur de mes deux ?

– Ce qui compte, c'est pas de pécher, expliqua-t-il. C'est d'accepter que t'es né déchu et que tu passes ta vie à essayer de te racheter. »

Elle leva les yeux au plafond. « Pourquoi tu déchoirais pas de mon lit pour foutre le camp ? »

Avec un soupir, il repoussa les draps. Il enfila son pantalon, assis au bord du matelas, puis chercha sa chemise et ses chaussettes. Quand il croisa le regard de Lisa Romsey dans le miroir, il comprit que, malgré tous ses efforts pour se persuader du contraire, elle l'aimait bien.

Merci, mon Dieu, pour les petits miracles.

Elle alluma une cigarette. « Après ton départ, l'autre jour, j'ai fait quelques recherches sur ton bar relais, le Cousin Marv. »

Il trouva une chaussette, mais pas l'autre. « Ah oui ?

– Il apparaît dans le cadre d'une affaire non résolue, qui remonte à une dizaine d'années. »

Torres en oublia temporairement sa chaussette. Il leva les yeux vers elle. « Sans déc' ? »

Elle glissa une main derrière son dos, et ramena un objet indéterminé qu'elle lui expédia d'un rapide mouvement du poignet. La chaussette atterrit près de lui. « Un gosse, un certain Richard Whelan, est sorti du Cousin Marv un soir, et personne l'a plus jamais revu. Si t'arrivais à boucler un dossier vieux de dix ans, Evandro…

– … je pourrais réintégrer les Homicides. »

Elle fronça les sourcils. « T'y retourneras jamais.

– Pourquoi ?

– Ja-mais.

– Pourquoi ? » répéta-t-il. Il connaissait la réponse, pourtant il espérait envers et contre tout qu'elle pouvait encore changer.

Lisa Romsey lui fit les gros yeux. « Parce que c'est Scarpone qui dirige le service.

– Et ?

– Et t'as baisé sa femme, tête de nœud ! Avant de la reconduire chez elle complètement bourré, alors que t'étais en service, et de crasher ta bagnole de patrouille. »

Il ferma les yeux. « D'accord, je ne réintégrerai jamais les Homicides.

– N'empêche, si t'élucidais l'affaire, tu pourrais viser les Crimes majeurs.

– Tu crois ? »

Elle lui sourit. « Oui. »

Séduit par l'idée, Torres enfila sa chaussette d'un geste déterminé.

J'étais perdu, dirait-il le jour de son transfert, mais aujourd'hui je me suis trouvé.

Marv sortit du Cottage Market avec deux cafés, un sachet de viennoiseries, le *Herald* sous le bras, et dans la poche de sa veste dix cartes à gratter de la loterie du Massachusetts.

Une éternité plus tôt, durant ce qui avait été le moment le plus dur mais aussi le plus héroïque de sa vie, Marv avait décroché de la coke. Ayant touché un pactole inattendu, il avait fait ce qu'il fallait : éponger ses dettes et entreprendre une désintoxication. Jusque-là, il n'était qu'un minable sans dignité ni sang-froid. Mais, une fois débarrassé de ses dettes et de son addiction, il avait recouvré sa dignité. Depuis, s'il s'était laissé aller au point que seules les putes acceptaient encore de baiser avec lui, et s'il avait probablement fait tourner court plus de relations amoureuses que la plupart des gens n'avaient de cheveux, il avait su préserver sa dignité.

Ces dix cartes à gratter qu'il avait achetées, il se les offrirait une à une le soir même, pendant que Dottie regarderait *Survivor, Undercover*

Boss ou n'importe quelle fichue émission de téléréalité programmée ce jour-là.

Il s'apprêtait à descendre du trottoir, quand une voiture ralentit à sa hauteur.

Puis s'arrêta.

La vitre côté passager s'abaissa en bourdonnant.

Le conducteur se pencha par-dessus le siège passager. « Excusez-moi ? »

Marv jeta un coup d'œil à la voiture, puis à l'homme. La voiture, c'était une Jetta qui devait dater de 2011, dans ces eaux-là – un modèle qu'affectionnaient en général les étudiants, ou les jeunes diplômés. Or l'inconnu avait une bonne quarantaine d'années. Il y avait quelque chose de remarquablement insignifiant chez lui ; son visage était tellement passe-partout qu'on avait du mal à en fixer les traits, alors même qu'on les avait devant soi. Ce qui dominait chez lui, c'étaient les tons terre : cheveux brun clair, yeux noisette, vêtements fauves.

« Vous pouvez me dire où se trouve l'hôpital ?

– Oh, il faut que vous fassiez demi-tour, répondit Marv. Ensuite, vous continuez tout droit sur trois ou quatre kilomètres. Ce sera sur votre gauche.

– Sur ma gauche, c'est ça ?

– Oui.

– Ma gauche, donc.

– C'est ça.

– Pas la vôtre.

– On regarde tous les deux dans la même direction, je vous signale.

– Ah bon ?

– En gros, quoi.

– D'accord. » L'homme lui sourit. C'était peut-être un sourire de remerciement, mais peut-être aussi quelque chose d'autre – quelque chose de troublant et d'insondable. Impossible à dire. Il braqua sans quitter Marv des yeux, puis exécuta un demi-tour parfait.

Marv le regarda s'éloigner en essayant d'ignorer la sueur qui lui dégoulinait le long des cuisses, alors qu'il devait faire moins de zéro.

Bob enfila son manteau, prêt pour une nouvelle journée au bar. Il entra dans la cuisine, où Rocco mâchouillait avec enthousiasme un os en peau de buffle, lui remplit d'eau sa gamelle, et balaya ensuite la pièce du regard jusqu'à repérer le canard jaune en caoutchouc que le chiot emportait partout. Il le déposa dans un coin de la caisse, plaça la gamelle à l'opposé, et claqua des doigts.

« Rocco ? Allez, viens. Caisse. »

L'animal y entra docilement et se coucha en boule près du canard. Bob lui caressa la tête, avant de fermer le portillon.

« À ce soir. » Bob s'engagea dans le couloir, puis ouvrit la porte d'entrée.

L'homme sur le perron était maigre – pas maigre dans le style malingre, mais maigre dans le style sec, comme si le feu qui brûlait en lui consumait sur-le-champ la moindre parcelle de graisse. Il avait les yeux d'un bleu si clair qu'ils paraissaient presque gris. Ses cheveux mi-longs étaient d'un blond aussi terne que son bouc. Bob le reconnut aussitôt : c'était le jeune qu'il avait croisé dans le parc quelques jours plus tôt, et qui l'avait complimenté sur Rocco.

Pas si jeune que ça, d'ailleurs, à y regarder de plus près. La trentaine, probablement.

Il sourit, la main tendue. « Monsieur Saginowski ? »

Par réflexe, Bob lui tendit la sienne. « Oui.

– Bob Saginowski ? » L'homme serra la grosse main de Bob dans la sienne, beaucoup plus petite. Il avait néanmoins une poigne étonnamment vigoureuse.

« Oui.

– Eric Deeds. » Il lui libéra le bras. « Je crois que vous avez mon chien, Bob. »

Bob eut l'impression d'être frappé en plein visage avec une poche de glace. « Pardon ? »

Deeds croisa frileusement les bras. « Brrrr… Il fait un de ces froids ! C'est pas un temps à mettre un homme dehors. Ni un... Où est-il, à propos ? »

Il fit mine d'entrer, mais Bob lui barra le passage. L'autre le jaugea un instant en souriant.

« Je parie qu'il est à l'intérieur. Vous l'enfermez à la cuisine, c'est ça ? Ou à la cave, peut-être ?

– De quoi vous parlez, bon sang ?

– Du chien.

– Bon, d'accord, vous l'avez trouvé beau dans le parc, l'autre jour, mais…

– Il est pas à vous.

– Quoi ? Bien sûr qu'il est à moi. »

Deeds secoua la tête comme le faisaient les bonnes sœurs quand elles prenaient un élève en flagrant délit de mensonge. « On peut discuter une minute ? » Il leva l'index. « Rien qu'une petite minute. »

Dans la cuisine, Eric Deeds dit : « Ah, le voilà ! » Et aussi : « C'est lui, c'est mon bonhomme. » Et : « Il a rudement grossi. » Et : « Il est énorme. »

Lorsque Bob eut ouvert la caisse, il sentit son cœur se serrer en voyant Rocco frétiller devant le nouveau venu. Le chiot alla même jusqu'à lui sauter sur les genoux quand ce dernier, sans y être invité, s'assit à la table de la cuisine et tapa deux fois à l'intérieur de sa cuisse. Bob n'aurait pu expliquer comment Deeds avait réussi à le convaincre de le laisser pénétrer chez lui ; c'était juste un de ces types qui ont l'art et la manière de s'imposer, comme les flics et les

Teamsters[1] : s'il voulait entrer, rien ne pouvait s'y opposer.

« Bob ? lança-t-il. Vous connaissez une nana qui s'appelle Nadia Dunn ? » Il frotta le ventre de Rocco, qui se mit à agiter frénétiquement la patte arrière gauche. Bob en éprouva une pointe de jalousie, même si un frisson ininterrompu – une sorte de tremblement incontrôlable – parcourait le pelage du chiot.

« Nadia Dunn ?

– Allons, Bob, vous allez pas me faire un plan à la "Je connais tellement de Nadia que je m'y perds", hein ? » Deeds gratta l'animal sous le museau. Les oreilles et la queue plaquées contre son corps, Rocco gardait les yeux obstinément baissés, comme s'il avait honte.

« Non, je la connais. » Bob se pencha, récupéra le chiot, le posa sur ses propres genoux et le gratta derrière les oreilles. « Elle vient de temps en temps avec moi promener Rocco. »

La tension entre eux avait encore augmenté d'un cran quand il avait d'autorité repris Rocco, s'attirant de la part de Deeds un bref regard surpris, genre « C'est quoi, ce bin's ? ». Celui-ci souriait toujours, mais son sourire n'avait plus rien d'éclatant, ni de joyeux. Son front se plissa, conférant à ses yeux une expression étonnée, comme s'ils n'avaient jamais imaginé se retrouver un jour

1. Membres du syndicat des transports.

dans ce visage. En cet instant, il avait l'air cruel – l'image même du type qui, quand il a un pet de travers, le fait payer au monde entier.

« Rocco ? »

Bob hocha la tête, tandis que le chiot dressait les oreilles et lui léchait le poignet. « C'est son nom, oui. Vous l'aviez appelé comment ?

– Le plus souvent, je l'appelais "le chien". Des fois aussi, "le corniaud" », répondit Deeds.

Il examina ensuite la pièce, laissant son regard s'attarder quelques instants sur la vieille rampe au néon – un éclairage qui devait dater du temps de sa mère, pensa machinalement Bob, ou peut-être même du temps de son père, à l'époque où il s'était pris de passion pour les lambris, dont il avait recouvert les murs de la cuisine, du salon et de la salle à manger. C'était tout juste s'il n'en avait pas tapissé la cuvette des toilettes.

« Bob ? Je vais devoir reprendre mon chien. »

Durant une seconde, Bob en perdit l'usage de la parole. « Il est à moi », dit-il enfin.

Deeds fit non de la tête. « Je vous l'ai laissé en location. » Il contempla le chiot dans les bras de Bob. « Le bail a expiré.

– Vous l'avez battu. »

En face de lui, Deeds sortit tranquillement de sa poche de poitrine une cigarette qu'il logea entre ses lèvres. Il l'alluma, secoua l'allumette pour l'éteindre, puis la jeta sur la table.

« On fume pas chez moi », décréta Bob.

Sans le quitter des yeux, Deeds tira de plus belle sur la cigarette. « Moi, je l'ai battu ?

– Oui.

– Ah. Et alors ? » Il fit tomber la cendre par terre. « Je l'emmène, Bob. »

Celui-ci se redressa de toute sa hauteur en serrant Rocco contre lui. Le chiot s'agita entre ses bras et lui mordilla la main. Au besoin, songea Bob, il n'hésiterait pas à précipiter son mètre quatre-vingt-cinq et ses cent dix kilos sur Eric Deeds, qui ne devait guère en peser plus de quatre-vingts. Qu'il tente seulement de lui enlever Rocco et…

Deeds lui sourit. « Vous voulez jouer les cow-boys avec moi, Bob ? Allez, rasseyez-vous. » Lui-même s'adossa à sa chaise et souffla un jet de fumée vers le plafond. « Je vous ai demandé si vous connaissiez Nadia, parce que, moi, je la connais. Depuis tout gosses, on habite dans la même rue. On connaît pas toujours les gens de son quartier, surtout quand ils ont pas le même âge, mais on connaît tout le monde dans sa rue, pas vrai ? » Il plongea son regard dans celui de Bob, qui se rasseyait. « Je vous ai vu, ce soir-là. Je me sentais pas trop fier de moi, à cause de mon coup de sang, alors je suis retourné voir si le clebs était réellement mort, et je vous ai vu le sortir de la poubelle. Après, vous êtes monté chez Nadia. Vous avez craqué pour elle, Bob ?

– Vous feriez mieux de partir, maintenant.

– Bah, je peux comprendre : c'est pas une reine de beauté, mais c'est pas un boudin non plus. Sans compter que vous avez vous-même rien d'un play-boy, hein, Bob ? »

Celui-ci sortit de sa poche son téléphone portable, dont il souleva le clapet. « J'appelle la police.

– Vous gênez pas. » Deeds hocha la tête. « Vous l'avez fait enregistrer auprès de la Société canine et tout ? Vous avez un permis de détention ? C'est une obligation imposée par la ville, vous savez. Et pour la puce ?

– Quoi ?

– La puce électronique, qu'on implante sur les chiens, expliqua Deeds. Comme ça, si Médor se sauve et que quelqu'un l'amène chez un véto, celui-ci peut le scanner pour obtenir un code-barres et toutes les infos sur le proprio. Lequel proprio se balade avec un bout de papier où apparaît le numéro de la puce. Tenez, dans ce genre-là. »

Il tira de son portefeuille un document qu'il montra à Bob, en indiquant le code-barres et le reste. Il le rangea.

« Vous avez mon chien, Bob.

– C'est le mien. »

Deeds secoua la tête.

Bob porta Rocco jusqu'à la caisse. Lorsqu'il l'ouvrit, il sentit le regard de Deeds peser sur lui.

Il plaça le chiot à l'intérieur, se redressa, puis se retourna. « On va s'en aller, maintenant.

– Ah oui ?

– Oui. »

Deeds se frappa les cuisses et se leva. « Alors on s'en va. »

Les deux hommes longèrent le couloir sombre jusqu'au vestibule.

Les yeux de Deeds se posèrent soudain sur le parapluie rangé dans le vestiaire à droite de la porte. Il le saisit, regarda Bob et actionna le poussoir à plusieurs reprises.

« Vous l'avez battu, répéta Bob, parce que ce fait lui paraissait de la plus haute importance.

– Mais je dirai à la police que c'est vous qui l'avez tapé. » Deeds continuait d'actionner le poussoir en ouvrant légèrement le parapluie.

« Qu'est-ce que vous voulez ? »

Une nouvelle fois, Deeds lui adressa un petit sourire en coin. Il enroula la dragonne autour du parapluie, serra fort, puis tourna la poignée de la porte. Il jeta un coup d'œil dehors, avant de reporter son attention sur Bob.

« Pour le moment, y a du soleil, mais on sait jamais. »

Parvenu sur le trottoir, Deeds renifla ostensiblement puis, le parapluie à la main, s'éloigna dans la rue sous un ciel limpide.

8

Des règles et des lois

Eric Deeds était né à East Buckingham, où il avait aussi été élevé (façon de parler), mais il s'était absenté plusieurs années – des années difficiles –, avant de revenir s'installer une quinzaine de mois plus tôt dans la maison où il avait grandi. Durant ces quelques années passées loin de Boston, il était resté coincé en Caroline du Sud.

Il y était descendu pour braquer la boutique d'un prêteur sur gages, mais les choses avaient mal tourné. Le propriétaire s'en était sorti avec une hémorragie intracrânienne et un défaut d'élocution à vie, un des deux complices de Deeds avait été abattu et s'était retrouvé bêtement allongé sous la pluie de printemps, et Deeds ainsi que son autre comparse avaient été envoyés pour trois ans à la prison de Broad River.

Il n'avait pas l'étoffe d'un dur. Le troisième jour, il s'était retrouvé pris dans une bagarre à la cafétéria et, affolé, il avait levé les mains pour se protéger. Il avait ainsi, sans le vouloir, arrêté la course d'une lame – laquelle lui avait traversé la main de part en part, mais, du coup, ne s'était pas plantée dans la tête d'un certain Padgett Webster.

Celui-ci, dealer de son état, jouissait du respect de tous à Broad River. Il était devenu son protecteur. Même quand il l'écrasait sur le matelas et lui fourrait dans le cul une bite de la taille d'un concombre, Padgett lui assurait qu'il lui était redevable. Qu'il n'oublierait jamais. Deeds n'aurait qu'à venir le voir à sa sortie, lui rappeler sa dette, et il lui donnerait de quoi entamer une nouvelle vie post-carcérale.

Padgett avait été libéré six mois avant lui. Resté seul, Deeds avait eu du temps pour réfléchir, faire le point sur sa vie, considérer le chemin tortueux qui l'avait mené jusque-là. Son seul autre copain dans la prison – Vinny Campbell, descendu lui aussi de Boston et arrêté en même temps que lui – avait vu sa condamnation initiale rallongée d'une année, après qu'il eut fracassé le coude d'un autre détenu à l'atelier menuiserie. Il avait agi ainsi pour le compte des Aryens, ses nouveaux frères, qui l'avaient récompensé en lui offrant une dépendance à l'héroïne. Résultat, Vinny ne lui parlait pratiquement plus, se bornant à traîner toute la journée avec sa bande de skinheads, exhibant sous ses yeux des poches d'un noir café.

À Broad River, ils étaient tous des jouets abîmés – pièces brisées, câbles de batterie fondus, bourre exposée. Même réparés, ces jouets-là n'étaient plus les bienvenus dans la chambre d'enfants.

Deeds avait compris que, pour s'en sortir, il lui faudrait créer sa propre table de lois. Des lois pour lui tout seul. Il s'y était attelé un soir dans sa cellule, et il avait dressé une liste de neuf règles. Il les avait écrites sur une feuille de papier, qu'il avait soigneusement repliée. À sa sortie de Broad River, elle était toujours dans sa poche, avec ses pliures marquées, sillonnées de stries, à force d'avoir été consultée.

Le lendemain de sa libération, Eric Deeds vola une voiture. Il se rendit dans un supermarché Target proche de l'autoroute, où il faucha deux rouleaux de ruban adhésif et une chemise hawaïenne deux fois trop large pour lui. Le peu d'argent qu'il lui restait lui servit à acheter un flingue à un type dont on lui avait donné le nom à Broad River. Il appela ensuite Padgett d'une cabine téléphonique installée devant un motel à Bremeth, et convint avec lui d'un rendez-vous, tandis que la chaleur faisait monter du goudron noir des filets de vapeur blanche, et tomber des arbres des gouttes de condensation.

Il resta enfermé toute la journée dans sa chambre, à se remémorer ce que lui avait dit le psy de la prison – qu'il n'était pas mauvais, que le mal ne résidait pas dans son cerveau. Pour avoir passé beaucoup de temps à en explorer les replis roses, Deeds le savait déjà. On y trouvait juste de l'incompréhension, de la souffrance et un tas de pièces détachées toutes cabossées, comme dans une casse automobile. Des photos sous-exposées, une table en verre au plateau graisseux, un évier coincé dans l'angle entre deux murs de parpaings, la chatte de sa mère, deux chaises en plastique, un bar mal éclairé, des chiffons bordeaux souillés, un bol de cacahouètes, une bouche de femme disant « Tu me plais, toi, oh oui », un siège de balançoire en plastique blanc, une balle de base-ball en pleine désintégration filant dans un ciel gris-bleu, une grille d'égout, un rat, deux barres chocolatées Charleston Chew écrasées dans une petite main moite, un haut grillage, une robe de coton beige abandonnée sur le dossier d'un siège de voiture en vinyle, une carte de prompt rétablissement signée par toute une classe de cinquième, un ponton léché par les eaux du lac en dessous, une paire de tennis mouillées.

La liste était toujours logée dans sa poche quand, à minuit, il s'engagea dans l'allée à l'arrière de la maison de Padgett. Autour de lui, les arbres gouttaient dans le noir, l'eau tombait sur les dalles fendillées en produisant un *ploc ploc* régulier. L'État tout entier gouttait. Tout était trop mouillé au goût de Deeds. Trop spongieux. Il était minuit, et il sentait l'humidité perler sur sa nuque, former des auréoles sombres sur sa chemise au niveau des aisselles.

Il avait hâte de mettre les bouts. De laisser derrière lui à tout jamais Broad River, les banians, les champs de tabac dont l'odeur vous prenait à la gorge, les usines de textile, sans parler de tous ces Noirs – des Noirs partout, renfrognés et roublards, qui se déplaçaient avec une lenteur trompeuse – et du goutte-à-goutte constant du Sud de l'Amérique.

Il lui tardait de retrouver les pavés, la fraîcheur de l'air les soirs d'automne, et les sandwichs bostoniens. Et aussi les bars qui ne diffusaient pas de la country, les rues où on ne comptait pas un pick-up tous les trois véhicules, les gens qui n'avaient pas un accent traînant si marqué qu'on comprenait à peine la moitié de ce qu'ils disaient.

Cette expédition nocturne devait lui permettre de récupérer un kilo d'héroïne noire, dite «*black tar*». Il la vendrait dans le Nord, et enverrait ensuite l'argent à Padgett selon les termes de leur accord – soixante-quarante, soit soixante pour cent pour Padgett et quarante pour lui, mais c'était néanmoins intéressant, dans la mesure où il n'aurait pas à payer d'avance la marchandise. Padgett avait accepté de la lui confier sans contrepartie, en remerciement de ce qu'il lui avait fait avec sa main.

Ce fut Padgett lui-même qui ouvrit la porte de la véranda protégée par une moustiquaire, et la cahute tout entière grinça sous le souffle de vent qui agitait mollement les branches. La véranda elle-même, éclairée par une ampoule verte, sentait le chien mouillé, et Deeds remarqua un sac de charbon de bois posé à droite de la porte, près d'un barbecue Hibachi rouillé et d'un carton rempli de cadavres – surtout des vins aromatisés et du whisky Early Times.

« Eh, regardez donc qui est là ! » lança Padgett en lui assenant une grande claque sur l'épaule. Mince et noueux, il avait des muscles saillants. Ses cheveux, presque complètement blancs, évoquaient un terril enneigé, et il dégageait la même odeur que la brise chaude à la senteur musquée de banane. « Un Blanc, en plus ! Ça faisait un bail qu'on n'en avait pas vu dans le coin. »

Pour venir, Deeds avait longé la rue principale d'une ville à peine plus grosse qu'une chiure de mouche, puis il avait tourné à droite après la voie ferrée, laissant derrière lui une portion de route bordée par trois stations-service, un bar et une supérette 7-Eleven. Il avait ensuite parcouru cinq kilomètres sur des chaussées défoncées, entrecoupées d'allées de terre battue et envahies par des jungles d'eucalyptus pourrissants lancés à l'assaut de masures abandonnées, avec l'impression que la dernière fois qu'il avait vu un visage blanc, sans doute quelque part avant la voie ferrée, remontait à une éternité. Il n'y avait pas plus d'un réverbère qui fonctionnait tous les quatre ou cinq cents mètres, éclairant à peine des rangées de maisons délabrées et des terrains vagues plongés dans le noir. Partout, des frères rassemblés sous des vérandas affaissées buvaient des bières 40s ou fumaient des joints, des carcasses de voiture rouillaient au milieu d'un fouillis d'herbes hautes, des sœurs aux pommettes hautes et à la peau couleur d'ébène déambulaient derrière des vitres cassées, un bébé calé contre l'épaule. Il était minuit, et pourtant tout le monde semblait en état de veille léthargique, comme dans l'attente du moment où quelqu'un couperait enfin le chauffage.

Au moment d'entrer, Deeds se tourna vers Padgett pour dire : « C'est pas croyable ce que c'est humide, dans le coin.

– Ouais, sûr, convint le vieil homme. Sûr que par ici, de l'humidité, tout le monde en a plus qu'y n'en faut. Alors, ça va comme tu veux, p'tit nègre ?

– Ça va. » Quand ils traversèrent un séjour où tout était gondolé et ranci par la chaleur, Deeds se rappela Padgett vautré sur lui après l'extinction des feux, lui murmurant à l'oreille

« Mon p'tit nègre blanc » tout en lui agrippant les cheveux.

« Je te présente Monica », annonça Padgett en entrant dans la cuisine.

Elle était assise à une table disposée sous la fenêtre dans le sens de la longueur, toute de traits anguleux et d'articulations noueuses, les yeux aussi béants et morts que deux bondes d'évacuation, la peau trop tendue sur les os. Deeds savait, pour en avoir souvent parlé avec lui le soir dans leur cellule, que c'était la femme de Padgett, la mère de leurs quatre gosses partis depuis longtemps, et qu'à portée de sa main droite se trouvait un calibre 12 à canon scié, retenu par des crochets vissés sous le plateau de la table.

Monica avala une gorgée de vin aromatisé, grimaça en guise de salut, puis se replongea dans le magazine posé près de son coude.

Règle Numéro Un, songea Deeds. Rappelle-toi la Numéro Un.

« Fais pas attention, dit Padgett en allant ouvrir le frigo. Elle est toujours de mauvais poil entre onze heures du soir et midi le lendemain. » Il tendit à Deeds une Milwaukee's Best prise parmi la flopée de canettes qui remplissait la clayette du haut, en sortit une pour lui, puis referma la porte.

« Monica ? C'est le gars dont je t'ai causé, le p'tit nègre qui m'a sauvé la vie. Montre-lui ta main, gamin. »

Deeds lui fit voir dans sa paume les bourrelets des cicatrices laissées par la lame qui l'avait traversée. Monica esquissa un hochement de tête, et il baissa sa main. Il n'avait toujours aucune sensibilité dans la région de la blessure, alors que, en théorie du moins, tout fonctionnait.

Monica se concentra de nouveau sur son magazine, dont elle tourna une page. « Je sais qui c'est, vieux débris. T'as pas arrêté de me seriner avec tes histoires de taule depuis le jour où t'en es sorti. »

Padgett gratifia Deeds d'un sourire rayonnant. « Alors, ça fait combien de temps que t'es dehors ?

– C'est mon premier jour. » Deeds avala une grande gorgée de bière.

Ils passèrent quelques minutes à discuter de Broad River. Deeds le mit au courant de certaines des luttes de pouvoir que Padgett avait manquées – beaucoup de bruit pour rien, la plupart du temps –, lui parla aussi du maton qui s'était fait mettre en arrêt maladie après avoir pioché dans la réserve de came du mauvais détenu et, croyant sa peau devenue violette, s'était arraché plusieurs ongles à force de griffer un des murs de la cour. Padgett voulait toujours en savoir plus, et Deeds se rappela alors la vieille commère que c'était à Broad River, quand il allait s'asseoir chaque matin près des bancs de musculation en compagnie des détenus les plus âgés, qui tous gloussaient en échangeant anecdotes et ragots comme s'ils participaient à un talk-show.

Padgett flanqua les canettes à la poubelle et alla en rechercher deux autres. Il tendit la sienne à Deeds. « Bon, qu'on se mette bien d'accord sur les termes du marché : c'est quatre-vingts pour moi, vingt pour toi. »

Deeds sentit brusquement de mauvaises ondes se propager dans la pièce. « Nan, t'avais dit soixante-quarante. »

Le vieil homme se pencha en avant, les yeux arrondis par la surprise. « Sans que t'avances rien pour la marchandise ? Dis donc, p'tit nègre, tu m'as peut-être sauvé la vie, mais, merde...

– Je fais que te répéter ce que tu m'as dit.

– Ce que tu crois avoir entendu, plutôt, répliqua Padgett. Nan, nan. Ce sera quatre-vingts-vingt. Tu t'imagines vraiment que je vais te laisser partir d'ici avec un kilo de came ? Sans savoir si je reverrai un jour ta p'tite gueule ? Si c'est pas de la confiance que tu me demandes, là, gamin... De la confiance qui frise la connerie.

– Tu l'as dit, déclara Monica, sans lever le nez de son magazine.

– Ouais. C'est quatre-vingts-vingt. » Les yeux de Padgett se rétrécirent, et la lueur de gaieté qui les animait s'éteignit d'un coup. « Pigé ?

– Sûr, répondit Deeds, qui se sentait soudain minuscule, et très blanc. Sûr, Padgett, pas de problème. »

Celui-ci se fendit d'un autre de ses sourires tout en dents. « Tu sais, j'aurais pu dire quatre-vingt-dix-dix, et t'aurais rien pu faire, p'tit nègre, pas vrai ? »

Deeds haussa les épaules avant d'avaler encore un peu de bière, les yeux fixés sur l'évier.

« J'ai dit : "Pas vrai ?" »

Deeds le regarda. « C'est vrai, Padgett. »

Ce dernier hocha la tête, choqua sa canette contre celle de Deeds, et la porta à ses lèvres.

Règle Numéro Deux, songea Deeds. Ne jamais l'oublier non plus. Jamais, pas une seule seconde.

Un type mince en peignoir de coton multicolore et chaussettes marron entra dans la cuisine en reniflant bruyamment, une poignée de mouchoirs en papier pressée contre sa lèvre supérieure. Sûrement Jeffrey, le jeune frère de Padgett, conclut Deeds. Padgett lui avait raconté un jour que son cadet avait tué cinq hommes – à sa connaissance –, sans que ça le dérange plus que d'aller piquer une tête dans l'eau. Si Jeffrey avait une âme, avait-il ajouté, faudrait organiser une battue pour la retrouver.

En l'occurrence, Jeffrey posait sur Deeds son regard éteint de taupe. « Salut, mec. Ça roule ?

– Super. Et toi ?

– Bien, bien. » Jeffrey se tamponna le nez

avec les mouchoirs. Il tenta de prendre une profonde inspiration par ses narines bouchées, ouvrit un placard au-dessus de l'évier et en sortit un flacon de Robitussin. Il repoussa le bouchon d'un coup de pouce, inclina la tête en arrière et vida la moitié du sirop.

« Non, sérieux, comment tu te sens ? » La question émanait de Monica, toujours penchée sur sa revue. C'était néanmoins le premier signe d'intérêt qu'elle manifestait depuis l'arrivée de Deeds.

« Pas bien, en fait, répondit Jeffrey. Cette saloperie me lâche pas.

– Ce qu'y te faudrait, c'est une bonne soupe, déclara Monica. Et une couverture sur les épaules.

– Ouais, t'as raison. » Jeffrey revissa le bouchon du Robitussin, qu'il replaça sur l'étagère.

« T'as parlé à l'aut' clampin ? lui demanda Padgett.

– Quel clampin ?

– Celui qui traîne toujours devant le Pic-N-Pay. »

Règles Numéro Trois et Numéro Cinq, se répéta Deeds dans sa tête, comme un mantra. Trois et Cinq.

« Ouais, j'lui ai parlé. » Une nouvelle fois, Jeffrey inspira fort par le nez, avant d'y plaquer ses mouchoirs.

« Et ?

– Et quoi ? Il y est tous les jours. Il ira nulle part.

– C'est pas lui qui m'inquiète, répliqua Padgett. C'est plutôt ses potes.

– Ses potes ? » Son frère secoua la tête. « Les potes de ce bouffon, c'est pas un problème.

– Qu'est-ce que t'en sais ? »

Jeffrey toussa à plusieurs reprises contre le dos de sa main, la poitrine déchirée par chaque expectoration avec un bruit qui fit naître dans l'esprit de Deeds l'image d'un tas d'enjoliveurs passés au hachoir. Puis il s'essuya les yeux et tourna la tête vers Deeds, comme s'il s'apercevait seulement de sa présence.

Ce qu'il vit alors ne parut pas lui plaire.

« Tu l'as fouillé, ce gamin ? » demanda-t-il à Padgett.

Celui-ci balaya la question d'un geste. « Regarde-le. C'est évident qu'il est pas venu chercher les emmerdes. »

Jeffrey se racla la gorge et cracha un bon paquet de glaires dans l'évier. « Tu déconnes, là, vieux. Tu te relâches.

– Qu'est-ce que je disais, intervint Monica d'une voix chantante mais lasse, avant de tourner encore une page.

– Eh, p'tit Blanc. » Jeffrey traversa la cuisine. « Faut que je te fouille. »

Deeds plaça sa bière dans un coin de la gazinière, puis écarta docilement les bras.

« Je vais essayer de pas te refiler ma crève. » Jeffrey fourra les mouchoirs en papier dans la poche de son peignoir. « Crois-moi, c'est pas un cadeau. » Il lui palpa la poitrine, la taille, les testicules, l'intérieur des cuisses et les chevilles. « J'ai la tête prête à éclater, et j'ai l'impression d'avoir avalé un putain de chat qui me laboure la gorge pour remonter. » Il tapota rapidement les reins de Deeds, renifla encore.

« OK, t'es clean. » Il se tourna vers Padgett. « Alors, c'était si difficile que ça ? »

Son frère lui fit les gros yeux.

Deeds se gratta la nuque en se demandant combien de personnes avaient trouvé la mort dans cette maison. Comme il avait souvent pu le constater en taule, le pire chez les autres se révèle en général étonnamment prévisible et primaire. Il lui semblait que la lumière au-dessus de lui traversait son crâne et lui brûlait le cerveau.

« Il est rangé où, le tord-boyaux ? » demanda Jeffrey.

Padgett lui montra une bouteille de gin Seagram sur l'étagère au-dessus du four.

Jeffrey alla la chercher et sortit un verre. « Je croyais t'avoir dit de le mettre au freezer. Ce truc-là, c'est meilleur bien glacé.

– T'as plus qu'à sortir t'acheter une p'tite laine, Jeffrey. Tu deviens pire qu'une mémé. »

La pièce vacillait légèrement devant les yeux

de Deeds, qui laissa ses doigts descendre plus bas derrière son col, entre ses omoplates. Il avait de plus en plus chaud, sa tête l'élançait et il avait la bouche sèche. Tellement sèche... Comme s'il ne devait jamais plus boire une goutte de liquide jusqu'à la fin de ses jours. Il remarqua sa canette de bière toujours posée à l'endroit où il l'avait mise quand Jeffrey l'avait fouillé. Il envisagea de la récupérer, avant de conclure qu'il ne pouvait pas se le permettre.

« Tu pourrais pas la fermer un peu ? rétorqua Jeffrey. Du matin au soir, faut toujours que tu causes, de tout et n'importe quoi. Tu me fatigues. »

Padgett vida son Old Mil', l'écrasa et ouvrit le frigo pour en prendre une autre.

Jeffrey posa son verre au bord de l'évier, puis se retourna et lâcha : « Eh, qu'est-ce que tu fous ? » sur un ton de surprise résignée, quand Deeds sortit sa main de sous sa chemise, révélant un petit calibre 22 dont le canon s'ornait d'un lambeau de scotch. La première balle alla se loger juste sous sa pomme d'Adam, et Jeffrey glissa le long du placard sous l'évier.

La deuxième s'enfonça dans le mur à côté de l'oreille de Monica. Celle-ci plongea aussitôt la main sous la table en se baissant vivement. Elle avait le menton entre les cuisses lorsque Deeds lui tira dans le haut du crâne. Pendant peut-être une seconde, il la contempla, fasciné par le trou minuscule apparu dans sa tête – un trou noir comme il n'en avait jamais vu, plus noir encore que ses cheveux. Puis il pivota.

La troisième balle atteignit Padgett de plein fouet. La force de l'impact fit sauter la canette qu'il tenait à la main, et il tournoya sur lui-même, avant de se cogner violemment la hanche et la tempe contre la porte du frigo.

La pièce tout entière semblait vibrer de l'écho des détonations.

Deeds sentait trembler le pistolet dans sa main, mais pas trop, et les élancements dans sa tête commençaient à diminuer d'intensité.

« Espèce de fumier », dit Padgett, affalé sur le sol. Il s'exprimait d'une voix haut perchée de gamine. La tache sanglante apparue au milieu de son T-shirt auréolé de sueur ne cessait de s'élargir.

Oh, putain, songea Deeds. Je viens de buter trois personnes.

Il ramassa la canette tombée par terre, et, quand il tira la languette, le liquide éclaboussa un des pieds de la table. Après l'avoir placée dans la main de Padgett, il regarda la mousse lui couler sur le poignet et sur les doigts. Le visage du blessé était devenu du même blanc crayeux que ses cheveux. Un drôle de sifflement ténu s'échappait de sa poitrine. Deeds s'assit devant lui, tandis que le corps de Monica glissait de la chaise et s'effondrait sur le lino.

Il balaya de sa paume le terril neigeux sur la tête de Padgett. En dépit de son état, celui-ci tressaillit, et esquissa un mouvement de recul. Mais il n'avait nulle part où aller, et Deeds lui frotta le crâne à plusieurs reprises avant de se rasseoir.

Padgett posa une main par terre pour essayer de se relever. La main céda, et il retomba sur les fesses. Il fit une nouvelle tentative, tâtonna à la recherche d'une chaise, appuya sa paume sur le siège, et, la langue pendante, s'efforça de se hisser sur ses pieds. Il s'était à moitié redressé, jambes pliées et chancelantes, quand la chaise dérapa. Sa chute fut plus rude, cette fois, et il demeura assis là, à prendre de petites inspirations saccadées, les lèvres avancées en une parodie de moue, les yeux fixés sur ses genoux.

« Qu'est-ce qui t'a fait croire que tu pouvais me baiser encore une fois ? » lui demanda Deeds, avec l'impression qu'il avait lui-même des lèvres en caoutchouc.

Le vieil homme haletait toujours, les yeux exorbités, la bouche grande ouverte. Il voulait parler, mais ne produisait que des sons indistincts – une litanie de *hou*, *hou*, *hou*.

Deeds se pencha en arrière pour mieux viser. Durant quelques instants, Padgett posa sur le canon le regard fou d'un animal pris au piège. Puis il ferma les yeux et plissa fort les paupières dans l'attente de la balle qu'il savait inévitable.

Deeds patienta.

Quand Padgett rouvrit les yeux, il lui tira en plein visage.

« Règle Numéro Sept, dit-il en se levant. Bouge, vieux. Allez, bouge ! »

Il passa sous l'escalier pour se rendre dans la chambre du fond, où il ouvrit la porte du placard. Le coffre dissimulé à l'intérieur, qui mesurait environ un mètre de haut sur soixante centimètres de large, ne contenait que des annuaires téléphoniques ; Padgett et lui en avaient souvent discuté le soir dans leur cellule. Il n'était même pas boulonné au sol. Eric le tira, grognant sous l'effort, le faisant basculer d'un côté puis de l'autre jusqu'à l'abandonner à la gauche de la porte. Il examina ensuite les lattes du plancher, rayées et creusées de profonds sillons. Lorsqu'il essaya d'en soulever une, elle n'opposa aucune résistance. Il la jeta derrière lui, en arracha quatre autres et contempla la cache : des sacs et des sacs de *black tar*, serrés les uns contre les autres. Il les sortit un par un, puis les plaça sur le lit. Il y en avait quatorze au total.

Ce fut en vain qu'il chercha une valise ou un sac de sport. Pour finir, il retourna à la cuisine, où il dut enjamber les cuisses de Padgett et la tête de Monica pour atteindre les portes du placard sous l'évier. Il venait de mettre la main sur une boîte de sacs-poubelle, quand il se rendit compte qu'il avait laissé Jeffrey affalé contre ces mêmes portes – Jeffrey, en peignoir et chaussettes marron, la gorge trouée par une balle.

Il remarqua alors des gouttes et des traces de sang sur les tiroirs à sa gauche, et d'autres sur le sol, ainsi que sur l'encadrement de la porte. Les éclaboussures ressemblaient à de gros papillons rouges, qu'il suivit vers le corridor, persuadé qu'il allait y découvrir Jeffrey à plat ventre, râlant ou déjà mort.

Mais il n'y était pas. Les papillons de sang tournaient au niveau de l'escalier, puis disparaissaient dans l'obscurité des marches étroites et affaissées, recouvertes au milieu d'un tapis élimé aux couleurs fanées. Une ampoule nue pendait du plafond bas.

Alors qu'il se tenait au pied, totalement immobile, il distingua une respiration laborieuse à l'étage – à droite de l'ampoule, sans doute dans l'une des chambres au-dessus de lui. Il entendit aussi un tiroir s'ouvrir.

Il avala sa salive pour essayer de refouler sa panique naissante. Règle Numéro Sept, règle Numéro Sept. Ne réfléchis pas, fonce. Il recula jusqu'à la véranda, où il s'empara du sac de charbon qu'il avait vu en arrivant. « Match Light », disait l'inscription. Donc, pas besoin d'allume-feu. C'est beau, le progrès.

De retour dans le couloir, il progressa lentement, et tendit le cou pour risquer un coup d'œil vers l'escalier, guettant le souffle asthmatique produit par une gorge déchiquetée. Quand il fut certain que Jeffrey ne s'était pas embusqué dans la cage ni au sommet, il s'avança jusqu'à la première marche et y déposa le sac.

Il lui fallut environ trente secondes pour en embraser les coins, et il s'écorcha le pouce à force d'actionner la molette de son Bic. Puis, tout d'un coup, les flammes s'élevèrent. Des litres d'alcool avaient dû être renversés sur ce tapis d'escalier au fil des ans, car elles se propagèrent en un éclair le long des bordures et illuminèrent les marches comme les feux d'une piste d'atterrissage. Le monoxyde de carbone monta à la tête de Deeds, qui recula. La fumée noire dégageait une odeur d'essence insupportable, et il s'apprêtait à contourner le brasier, quand une balle creusa le plancher devant lui. Un instant plus tard, une seconde sifflait à son oreille et s'enfonçait dans la porte de la véranda.

Il visa un point au-delà du feu et tira dans l'obscurité. Un éclair jaillit en retour, suivi par d'autres, et les balles déchirèrent les murs, faisant pleuvoir des éclats de bois sur ses cheveux.

Il s'accroupit contre une cloison. Les flammes lui léchaient l'oreille, et il s'aperçut soudain qu'elles s'attaquaient à son épaule. Il se donna de grandes claques pour les éteindre, mais, dans l'intervalle, la cloison s'était également embrasée. La cloison, la chambre de l'autre côté, l'escalier… tout brûlait. Merde. L'héroïne était restée dans cette chambre, sur le lit.

L'incendie avait gagné le corridor, à présent, et les tourbillons de fumée noire et grasse lui irritaient les yeux et les poumons. Il tira une première fois sur Jeffrey au moment où celui-ci sautait par-dessus la rambarde et plongeait vers le brasier en cramponnant un 9 mm inutile, puis une seconde lorsqu'il atterrit dans le couloir. Une main plaquée sur sa gorge ouverte, Jeffrey partit à la renverse et disparut dans les flammes qui dévoraient déjà son peignoir.

Deeds envisagea un instant de braver le brasier, pour finalement y renoncer. Le feu était partout, désormais. Et dans les rares endroits qu'il n'avait pas encore atteints, la fumée noire formait un rempart impénétrable.

T'es vraiment trop con, mon pauvre Eric, se dit-il. Vraiment trop con.

Mais pas autant que les trois minables morts qu'il laissait derrière lui.

Il ressortit par la véranda, longea de nouveau l'allée de pierre fendillée au milieu des arbres qui gouttaient, monta dans sa voiture et reprit la piste de terre battue. Quand elle déboucha sur une route dont le bitume était soulevé et fissuré, il se demanda comment les gens pouvaient accepter de vivre dans un bled aussi pourri. Trouvez-vous un putain de boulot, merde ! pensa-t-il. Décrochez du crack.

Respectez-vous un peu, sinon ça veut dire que vous valez pas mieux que des gerbilles. Des putains de gerbilles qui couinent dans leur petite cage merdique.

Même si son plan avait fonctionné et qu'il était reparti lesté de plusieurs kilos d'héroïne noire, qui sait s'il aurait pu les vendre ? À qui, d'abord ? Il n'avait aucun contact à Boston susceptible d'en acheter une telle quantité, et, dans l'éventualité où on l'aurait mis en relation avec ce genre de personne, il se serait probablement fait arnaquer. Et liquider dans la foulée, histoire d'éviter qu'il ne revienne se venger.

Alors, c'était peut-être aussi bien, mais, en attendant, il rentrait chez lui sans marchandise et sans aucun moyen de subsistance. Oh, un moyen de subsistance, il finirait certainement par en trouver un, pour peu qu'il sache garder les yeux ouverts et l'oreille collée au sol. Un des avantages de ce quartier pourri d'East Buckingham, c'est qu'on y brassait tellement d'argent sale tous les jours – bien plus que de revenus légaux – qu'il suffisait à un petit malin d'être patient pour voir se présenter une occasion.

Il sortit sa liste de règles, la déplia d'une main et l'étala sur sa cuisse pour la regarder tout en roulant. Il faisait sombre dans l'habitacle, mais peu importait ; il n'avait pas besoin de la relire, il la connaissait par cœur. C'est juste qu'il aimait ce qu'elle représentait, là, sur ses genoux. Son écriture, les lettres soigneusement tracées…

1. Ne jamais se fier à un détenu.
2. Personne ne t'aime.
3. Tire le premier.
4. Brosse-toi les dents trois fois par jour.
5. Ils te feraient pareil.
6. Fais-toi payer.
7. Agis vite.
8. Toujours avoir l'air raisonnable.
9. Prends un chien.

Il tourna à gauche au niveau des rails, et, quand il aperçut les lumières du 7-Eleven devant lui, il se dit qu'à l'aller, bizarrement, le trajet lui avait paru deux fois plus long, mais qu'on avait souvent cette impression-là, et il pensa brusquement : Nadia.

Je me demande bien ce qu'elle devient.

9

Reste

Ni Bob ni le cousin Marv n'avaient revu Rardy depuis le braquage. Ils savaient qu'il était sorti de l'hôpital le lendemain, mais depuis il semblait s'être volatilisé. Ils en parlèrent un matin dans le bar désert, alors que la moitié des chaises étaient encore retournées sur les tables et sur le comptoir.

« Ça lui ressemble pas », déclara le cousin Marv.

Bob avait ouvert le journal devant lui. C'était désormais officiel : l'archevêché avait annoncé la fermeture de l'église Saint-Dominique, à East Buckingham – une déclaration confirmée par le cardinal, qui avait ajouté que c'était « imminent ».

« Il a déjà été absent plusieurs jours, fit remarquer Bob.

– Pas d'affilée, non. Et pas sans prévenir. »

Il y avait deux photos de l'église Saint-Dominique dans le journal : une prise récemment, l'autre qui remontait à une centaine d'années. Le même ciel se déployait au-dessus, mais les éventuels fidèles qui se tenaient sous le premier n'étaient plus là pour voir le second. Et peut-être se réjouissaient-ils de ne pas avoir été obligés de prolonger leur séjour dans un monde devenu si différent de celui qui les avait accueillis. Quand il était gosse, se rappela Bob, la paroisse tenait lieu de pays natal. Tout ce dont on avait besoin pour vivre, y compris tout ce qu'on avait besoin de savoir, se trouvait à l'intérieur de ses frontières. Mais, maintenant que l'archevêché avait fermé une bonne moitié des paroisses pour punir les crimes commis par des prêtres un peu trop proches de leurs jeunes ouailles, Bob devait se rendre à l'évidence: après un long déclin, l'époque de l'organisation paroissiale était désormais révolue. Lui-même l'avait connue – il faisait partie de cette dernière demi-génération, presque une génération, qui l'avait vécue –, et s'ils étaient encore nombreux comme lui, beaucoup cependant avaient vieilli, grisonné, développé une mauvaise toux de fumeur, ou alors ils entraient à l'hôpital pour un check-up et n'en ressortaient jamais.

«Je sais pas, poursuivait Marv. Je vais te dire, la disparition de Rardy, moi, ça me fout la pétoche. Y a des types qui me collent au train, et...

– Personne te colle au train, Marv.

– Ah oui ? Et ce gars dans la bagnole, alors ?
– Il t'a juste demandé son chemin.
– Tu l'as pas entendu, Bob. T'as pas vu non plus la façon dont il me regardait... Et l'autre, là ? Celui du parapluie ?
– Il venait pour le chien.
– "Le chien", hein ? Qu'est-ce que t'en sais ? »
Bob contempla les parties de la salle encore plongées dans le noir, et sentit la mort tout autour de lui – un effet secondaire, sans doute, du braquage et de l'image de ce pauvre couillon dans la camionnette. Peu à peu, les ombres prirent la forme de lits d'hôpital, de vieillards voûtés qui achetaient des cartes de condoléances, de fauteuils roulants vides.
« Rardy a besoin de temps pour se remettre, Marv, dit-il enfin. C'est tout. Il va revenir. »

Mais, deux heures plus tard, pendant que Marv servait les habituels piliers de bar qui restaient là toute la journée, Bob fit un saut chez Rardy. Le barman habitait un appartement au premier, pris en sandwich entre deux autres dans un petit immeuble délabré de Percival Street.
Il s'installa au salon avec Moira, la femme de Rardy. Elle avait été vraiment jolie autrefois, mais la vie avec Rardy et un fils qui avait de sérieuses difficultés scolaires avait fait disparaître toute trace de sa beauté, comme on aspire

à la paille les dernières gouttes sucrées au fond d'un verre.

« J'ai pas de nouvelles depuis plusieurs jours, dit-elle.

– Ah bon ? »

Elle hocha la tête. « Il boit beaucoup plus qu'il le laisse paraître. »

Incapable de dissimuler son étonnement, Bob se pencha en avant.

« Je sais, je sais, reprit-elle. Il le cache bien, mais en fait il picole dès le matin.

– Je l'ai déjà vu boire un verre, c'est vrai…

– Les mignonnettes qu'on distribue dans les avions… Il en a plein, cachées sous sa veste. Alors, il est peut-être avec ses frères, ou avec certains de ses vieux copains de Tuttle Park.

– C'était quand, la dernière fois ?

– Que je l'ai vu ? Y a deux jours. Ce salaud m'a déjà fait le coup.

– T'as essayé de l'appeler ? »

Moira soupira. « Il répond pas à son portable. »

Le gosse apparut sur le seuil, toujours en pyjama à trois heures de l'après-midi. Patrick Dugan, neuf ou dix ans, Bob ne s'en souvenait plus. L'enfant posa sur lui un regard vide, alors qu'ils s'étaient déjà rencontrés une bonne centaine de fois, puis se tourna vers sa mère. Il semblait incapable de tenir en place, et ses épaules étroites tressautaient convulsivement.

« T'avais promis, m'man, lui dit-il. Faut que tu m'aides.

– D'accord. Quand j'aurai fini de parler avec Bob.

– T'avais promis, t'avais promis, t'avais promis ! Faut que tu m'aides, m'man.

– Écoute, mon chéri… » Moira ferma les yeux. Les rouvrit. « J'ai dit que je t'aiderais, et je le ferai. En attendant, tu te rappelles ce que je t'ai expliqué l'autre fois ? Alors, montre-moi que tu peux travailler tout seul encore quelques minutes.

– Mais t'avais promis… » Il sautait d'un pied sur l'autre dans l'embrasure. « T'avais promis.

– Patrick ! » La voix de Moira s'était chargée de tension.

L'enfant poussa soudain un long hurlement, le visage déformé par un mélange de fureur et de peur. C'était un son primitif, un cri d'animal de zoo, une lamentation adressée à des dieux mineurs. Les tendons de son cou saillaient, et son visage vira peu à peu au rouge coup de soleil. Le hurlement se poursuivait, interminable. Bob regarda d'abord par terre, et jeta ensuite un coup d'œil par la fenêtre en essayant de faire comme si de rien n'était. En face de lui, Moira paraissait juste exténuée.

Puis, tout aussi soudainement, le gosse ferma la bouche et s'enfuit dans le couloir.

Moira déballa une tablette de chewing-gum et la glissa entre ses lèvres.

Elle proposa le paquet à Bob, qui la remercia en se servant. Ils restèrent ainsi un moment, à mastiquer en silence.

Du pouce, Moira indiqua l'endroit où son fils se tenait quelques instants plus tôt. « Rardy t'expliquerait sûrement que c'est à cause de lui qu'il boit. Les toubibs nous ont dit que Patrick souffrait de TDA. Et/ou de TDA/H. Et/ou de disso-machin-chose cognitive. Ma mère dit que c'est juste un petit con. Je sais pas… C'est mon gosse.

– Je comprends, murmura Bob.

– Ça va, toi ?

– Moi ? » Il se recula légèrement dans son fauteuil. « Oui, pourquoi ?

– T'es différent.

– Comment ça ? »

Moira haussa les épaules en se redressant. « Je sais pas. T'as l'air plus grand, peut-être, un truc comme ça. Bon, si tu croises Rardy, dis-lui qu'on a besoin d'un bidon de 409 et de lessive Tide. »

Elle partit voir son fils. Bob s'éclipsa.

Nadia et Bob avaient pris place sur des balançoires dans l'aire de jeux déserte de Pen' Park. Rocco, couché dans le sable à leurs pieds, tenait une balle de tennis dans la gueule. Bob coula un regard furtif vers la cicatrice de Nadia, qui s'en aperçut au moment où il détournait les yeux.

« Tu m'en as jamais parlé, observa-t-elle. T'es bien le seul à pas m'avoir posé la question au bout de cinq minutes.

– C'est pas mes affaires, répondit Bob.

– T'es d'où ? »

Il regarda autour de lui. « Ben, d'ici.

– Non, je veux dire, de quelle planète tu débarques ? »

Un sourire aux lèvres, Bob secoua la tête. Il comprenait enfin le sens du mot « comblé ». C'est ce qu'il ressentait en présence de Nadia – quand il l'évoquait dans sa tête, ou comme en cet instant, alors qu'ils étaient assis tout près l'un de l'autre, au point de pouvoir se toucher (ce qu'ils n'avaient jamais fait) : il était comblé.

« Tu te rappelles, avant, quand les gens devaient passer un coup de fil en public ? commença-t-il. Ils allaient dans une cabine et fermaient la porte derrière eux. Ou alors, ils chuchotaient. Aujourd'hui, ils te parlent de... de l'état de leur transit intestinal en direct, dans les toilettes publiques. Franchement, ça me dépasse. »

Nadia éclata de rire.

« Quoi ?

– Non, rien. » Elle leva une main en un geste d'excuse. « C'est juste que je t'avais encore jamais vu t'énerver. Je suis même pas sûre de te suivre. C'est quoi, le rapport entre une cabine téléphonique et ma cicatrice ?

– Plus personne respecte la vie privée. Les gens se croient obligés de te raconter tout ce qui leur arrive, ils mettent plus de putains de barrières. Oups, désolé. Je devrais pas dire de gros mots. T'es une dame. »

Le sourire de Nadia s'élargit. « Continue. »

Machinalement, Bob porta une main à son oreille. Quand il s'en rendit compte, il baissa le bras. « Faut toujours que les gens te parlent d'eux, sans arrêt, même s'ils ont rien à dire, et ça n'en finit pas. Mais quand il s'agit de montrer ce qu'ils ont vraiment dans le ventre ? Alors, là, y a pas grand-chose, Nadia. C'est le vide. Du coup, ils parlent encore plus pour essayer de le cacher, de justifier ce qui peut pas l'être. Et après, ils embraient sur quelqu'un d'autre. Ça a un sens, ce que je raconte ? »

Nadia arborait désormais un petit sourire à la fois intrigué et indéchiffrable. « Je sais pas trop. »

Il se surprit à se lécher la lèvre du haut, un de ses vieux tics nerveux. Il aurait voulu qu'elle le comprenne. Il en avait besoin. Du plus loin qu'il s'en souvienne, il n'avait jamais désiré quelque chose à ce point.

« Ta cicatrice, tu vois, elle est à toi, reprit-il. Tu m'expliqueras si t'en as envie. Ou pas. C'est toi qui décides. »

Il se perdit quelques instants dans la contemplation du chenal. Nadia lui pressa la main en suivant la direction de son regard, et ils demeurèrent ainsi un long moment.

Avant d'aller travailler, Bob fit un saut à Saint-Dom où, assis sur l'un des bancs déserts de l'église déserte, il s'imprégna de l'atmosphère des lieux.

Le père Regan sortit de la sacristie, puis s'avança vers l'autel en tenue de ville. Seul son pantalon noir rappelait sa fonction.

« Alors c'est vrai ? » lui demanda Bob.

Le prêtre s'engagea dans la travée centrale, prit place sur le banc devant lui et se retourna en posant un bras sur le dossier. « Le diocèse a le sentiment que nous servirions mieux nos engagements paroissiaux si nous fusionnions avec Sainte-Cécile, en effet.

– Mais ils vont vendre l'église ! répliqua Bob en indiquant son banc.

– L'église et l'école, oui », confirma le père Regan.

Bob leva les yeux vers le haut plafond. Il le contemplait depuis l'âge de trois ans. Il n'avait même jamais contemplé le plafond d'une autre église. Et il aurait dû en être ainsi jusqu'à sa mort. Comme il en avait été pour son père, et le père de son père avant lui. Certaines choses – très peu – ne sont pas censées changer.

« Et vous ? fit-il.

– On ne m'a pas encore réaffecté.

– Les autorités ecclésiastiques protègent les pédophiles et les salauds qui les couvrent, mais elles ont pas encore décidé de ce qu'elles voulaient faire de vous ? Ah ! La bonne blague ! »

Le prêtre le regarda comme s'il n'était pas sûr d'avoir déjà rencontré ce Bob-là. De fait, sans doute ne l'avait-il encore jamais vu.

« Et sinon, tout va bien ? s'enquit-il.

– Oui. » Bob contempla le transept. Une nouvelle fois, il s'étonna des moyens mis en œuvre pour bâtir un édifice pareil en 1878 – sans parler de ceux employés en 1078… « Oui, oui, ça va.

– J'ai cru comprendre que tu fréquentais Nadia Dunn. »

Bob leva les yeux vers lui.

« Elle a eu des problèmes dans le passé. » Le père Regan tapota légèrement le dossier du banc. Peu à peu, le tapotement se mua en caresse distraite. « Certains diraient qu'elle est perturbée. »

L'église silencieuse les dominait, telle une troisième présence.

« Vous avez des amis, mon père ? »

Le prêtre haussa les sourcils. « Bien sûr.

– Je parle pas seulement des autres prêtres, mais de… de copains. Des gars avec qui vous pouvez sortir, traîner... »

Le père Regan hocha la tête. « Oui, Bob, j'en ai.

– Pas moi. Ou plutôt, jusque-là, j'en avais pas. »

Bob regarda encore une fois l'église, et sourit au père Regan. « Dieu vous bénisse, dit-il, avant de quitter son banc.

– Dieu te bénisse », dit le prêtre en écho.

Avant de sortir, Bob s'arrêta devant le bénitier. Il se signa, et resta un moment plongé dans ses pensées, la tête basse. Puis il se signa encore et sortit par la porte principale.

10

Celui qui est pur

Marv fumait, appuyé contre l'encadrement de la porte qui donnait sur l'allée, tandis que Bob rassemblait les poubelles vides qu'il avait sorties la veille au soir. Comme d'habitude, elles avaient été disséminées un peu partout par les éboueurs, et il dut faire plusieurs allers et retours pour les récupérer.

« Ce serait trop leur demander que de les remettre où ils les ont trouvées ? lança Marv. Évidemment, ça exigerait un minimum de courtoisie… »

Bob empila deux conteneurs en plastique, et il venait de les pousser contre le mur du fond quand il remarqua, entre les poubelles et un piège à rats, un sac en plastique noir, du genre de ceux, ultrarésistants, qu'on utilise sur les chantiers. Ce n'était pas lui qui l'avait mis là, et il avait eu suffisamment l'occasion de voir les déchets déposés par les deux établissements de chaque côté du bar – Nails Saigon et le Dr Sanjeev K

Seth – pour savoir que ce sac-là n'en faisait pas partie. Il le considéra un moment, puis retourna dans l'allée chercher la dernière poubelle.

« Si tu voulais bien payer pour une benne, aussi…, commença-t-il.

– Pourquoi ce serait à moi de payer ? rétorqua Marv. Il est plus à moi, ce bar, tu te rappelles ? "Si tu voulais bien payer pour une benne"… Évidemment, c'est pas toi que Chovka a dépossédé de son bien !

– Ça remonte à dix ans, Marv.

– Huit et demi. »

Après avoir placé la dernière poubelle contre le mur, Bob s'approcha du sac noir. Ce devait être au moins un cent litres, et il était loin d'être rempli. Son contenu ne paraissait pas volumineux mais tendait le plastique sur les côtés, et Bob estima qu'il devait mesurer dans les trente-cinq à quarante-cinq centimètres de long. Une barre de fer, peut-être, ou le genre de tube en carton dans lequel on glisse les posters.

« Dottie pense qu'on devrait visiter l'Europe, reprit Marv. Tu te rends compte de ce que je suis devenu ? Le beauf dans toute sa splendeur, qui part en voyage avec sa frangine et se balade partout en car, son appareil photo autour du cou. »

Bob regardait toujours le sac. Il était fermé par un nœud, qui paraissait cependant si lâche qu'il suffirait sans doute de tirer un petit coup pour que le plastique s'ouvre comme une rose.

« Avant, disait le cousin Marv, quand je voulais partir en voyage, j'emmenais Brenda Mulligan ou Cheryl Hodge, ou… ou… Tu te souviens de Jillian ? »

Bob fit encore un pas. Il était maintenant si près du sac qu'il n'aurait pu s'en approcher davantage, à moins de grimper dessus. « Jillian Waingrove, répondit-il. Ouais, elle était mignonne.

– Mignonne ? Un vrai canon, oui ! On est sortis ensemble tout cet été-là. On allait souvent dans ce bar avec une grande terrasse, à Marina Bay… Ah, zut ! Comment il s'appelait, déjà ? »

Bob s'entendit prononcer les mots « Le Chapiteau », en même temps qu'il dénouait le sac et jetait un coup d'œil à l'intérieur. Ses poumons s'emplirent de plomb, et sa tête d'hélium. Il se détourna un instant, et l'allée pencha brusquement sur la droite.

« C'est ça, Le Chapiteau, poursuivit Marv. Il existe toujours ?

– Oui, dit Bob, avec l'impression que sa voix rendait un son étrangement assourdi. Mais il porte plus le même nom. »

Il regarda Marv par-dessus son épaule, jusqu'au moment où celui-ci perçut quelque chose dans ses yeux et expédia sa cigarette vers l'allée. « Quoi ? »

Le haut du sac serré dans sa main, Bob resta où il était. Une odeur de décomposition montait jusqu'à lui, évoquant celle de morceaux de poulet cru laissés trop longtemps au soleil.

Marv jeta un bref coup d'œil au sac, avant de reporter son attention sur Bob. Il ne fit pas mine d'avancer.

« Faut que tu…, commença Bob.

– Pas question.

– Hein ?

– Je fais que dalle, OK ? Je bouge pas de là. Je bouge pas de là, parce que…

– Faut que tu voies…

– C'est non, Bob, tu m'entends ? Rien m'oblige à voir l'Europe, ni la Thaïlande, ni ce qu'y a dans ce foutu sac. Je bouge pas de là.

– Marv. »

Celui-ci secoua la tête à plusieurs reprises, comme un enfant obstiné.

Bob patienta.

Au bout d'un moment, son cousin finit par s'essuyer les yeux, l'air soudain embarrassé. « On avait une bande, autrefois. Tu te rappelles ? Les autres avaient peur de nous.

– Sûr. »

Marv alluma une nouvelle cigarette, puis marcha vers le sac comme on s'approche d'un raton laveur estourbi dans un coin de la cave.

Parvenu à la hauteur de Bob, il regarda à l'intérieur du plastique.

Un bras, coupé juste en dessous du coude, gisait dans une pile de billets ensanglantés. La montre encore attachée au poignet était arrêtée à six heures et quart.

Le cousin Marv relâcha longuement son souffle, jusqu'à expulser tout l'air de ses poumons.

« Merde, c'est… je veux dire…

– Je sais.

– C'est…

– Je sais, répéta Bob.

– C'est obscène. »

Bob acquiesça. « On va devoir trouver une solution.

– Pour le fric ou pour le… ?

– Je parie que ça correspond à ce qu'on a perdu l'autre nuit.

– Et… ?

– Alors on leur rend tout. C'est ce qu'ils attendent.

– Et ça ? » Marv indiqua le membre sectionné. « Qu'est-ce qu'on en fait ?

– On peut pas le laisser là, répondit Bob. Sinon, cet inspecteur nous lâchera plus d'une semelle.

– Mais on n'y est pour rien !

– Exact. En attendant, comment vont réagir Chovka ou Papa Umarov si les flics s'intéressent de trop près à nous ?

– D'accord. T'as raison.

– Faut qu'on se concentre, Marv. »

Ce dernier cilla. « Tu me demandes à moi de me concentrer ?

– Ben oui », déclara Bob en portant le sac à l'intérieur.

Dans la minuscule cuisine, près de la friteuse et du gril à quatre brûleurs, se trouvait le coin où ils préparaient les sandwichs. Bob étala du papier ciré sur le plan de travail. Un distributeur de film plastique était installé au-dessus ; il en tira un long pan, dont il enveloppa le bras sectionné qu'il avait rincé dans l'évier. Pour finir, il l'entoura de papier ciré.

Posté sur le seuil, Marv l'observait. Il avait l'air à la fois abattu et dégoûté.

« On dirait que t'as fait ça toute ta vie », observa-t-il.

Bob le fusilla du regard. Marv cilla et baissa les yeux.

« Tu vois, je peux pas m'empêcher de penser que si t'avais pas mentionné cette montre…

– Non, le coupa Bob d'un ton plus cassant qu'il n'en avait eu l'intention. Je me pose pas la question.

– Moi, si. »

Bob scotcha les bords du papier ciré. Ainsi emballé, le bras pouvait passer pour une queue de billard hors de prix ou un énorme sandwich. Il le plaça dans un sac de sport.

Marv et lui retournèrent ensuite dans la

salle, où ils trouvèrent Eric Deeds assis sur un tabouret, les mains croisées sur le comptoir – comme n'importe quel client qui attendrait sa commande.

Tous deux continuèrent d'avancer.

« On est fermés, déclara Marv.

– Vous avez de la Zima ?

– À qui on en servirait ? répliqua Marv. À Moesha ? »

Les deux cousins passèrent derrière le bar, d'où ils dévisagèrent Deeds.

Celui-ci se leva. « La porte était pas verrouillée, alors j'ai cru que... »

Bob et Marv se consultèrent du regard.

« Sans vouloir vous vexer, dit ce dernier à Deeds, foutez-moi le camp d'ici.

– Pas de Zima, alors ? » Deeds se dirigea vers la porte. « En tout cas, ça m'a fait plaisir de te revoir, Bob. » Il agita la main. « Mes amitiés à Nadia, vieux. »

Après son départ, Marv se rua vers la porte et la verrouilla.

« On se trimballe partout avec le bras manquant de Mister Manchot, et cette putain de porte était même pas fermée à clé, maugréa-t-il.

– Et alors ? Il s'est rien passé.

– Non, mais ça aurait pu. » Marv prit une profonde inspiration. « Tu le connais, ce jeune ?

– C'est celui dont je t'ai parlé.

– Celui qui réclame le clébard ?

– Oui.
– Il est complètement barje.
– Parce que toi, tu le connais ? »

Le cousin Marv hocha la tête. « Il habite Mayhew Street. Paroisse de Sainte-Cécile. Toi, t'es vieux jeu : si quelqu'un est pas de ta paroisse, il pourrait tout aussi bien venir d'un autre pays. Ce gars, y a rien à en tirer. Il a déjà fait de la taule, et aussi un séjour chez les cinglés, si je me souviens bien. Mais c'est toute la famille Deeds qu'on aurait dû interner, y a une génération de ça. Le bruit circule autour des feux de camp que c'est lui qui a liquidé Jours de Gloire.

– C'est ce que j'ai entendu dire aussi.

– Et qui a fait disparaître le corps de la planète Terre. Toujours d'après la rumeur.

– Ben… » À court de repartie, Bob saisit le sac de sport et se dirigea vers la porte de derrière.

Après son départ, Marv déversa les billets ensanglantés dans l'évier. Puis il appuya sur le bouton de la tireuse à eau gazeuse, et les aspergea à l'aide du tuyau.

Au bout d'un moment, il s'arrêta, le regard fixé sur les filets d'eau rougis.

« Ils sont pires que des bêtes, chuchota-t-il en fermant les yeux pour ne plus voir le sang. Putains de sauvages. »

Dans Pen' Park, Bob lança un bâton à Rocco, qui fonça sur le chemin pour le récupérer. Il le rapporta, puis le laissa tomber aux pieds de son maître, qui le relança de toutes ses forces. Pendant que le chiot repartait comme une fusée, Bob sortit du sac de sport le bras emballé, se tourna vers le fleuve et l'expédia dans les airs tel un tomahawk. Il le regarda décrire un arc de cercle, tournoyer encore une fois à son zénith et retomber rapidement. Le paquet frappa la surface en plein milieu du chenal, faisant jaillir l'eau plus haut que Bob ne s'y attendait. Avec un plouf plus bruyant aussi. Tellement bruyant qu'il s'attendit presque à voir piler net les voitures qui filaient sur la route de l'autre côté. Or aucune ne s'arrêta.

Déjà, Rocco revenait vers lui, le bâton dans la gueule.

« C'est bien, le complimenta Bob. T'es un bon chien. »

Il relança le bâton, qui rebondit sur le bitume et disparut dans la végétation. Le chiot fila dans le parc.

Quand il entendit un coup de frein derrière lui, Bob se retourna, pensant voir le pick-up d'un des gardiens. Ce fut cependant l'inspecteur Torres qu'il reconnut au volant de son véhicule. Avait-il vu quelque chose ? Bob n'aurait su le dire. Il demeura immobile tandis que le policier descendait de voiture, puis se portait à sa rencontre.

« Bonjour, monsieur Saginowski ! » Torres jeta un coup d'œil au sac vide abandonné aux pieds de Bob. « On ne les a pas encore coincés. »

Bob se borna à le dévisager.

« Les braqueurs, précisa Torres.

– Oh. »

L'inspecteur éclata de rire. « Vous n'avez tout de même pas oublié le braquage de votre bar ?

– Bien sûr que non.

– Ou est-ce que vous avez été braqués tellement souvent que tout se mélange dans votre tête ? »

Rocco accourut vers eux, lâcha le bâton, et attendit en haletant. Bob le relança, et le chien repartit de plus belle.

« Non, non, je me rappelle.

– Tant mieux. Je disais donc, on ne les a pas encore trouvés.

– Ça m'étonne pas.

– Pourquoi ? Vous pensez qu'on ne fait pas bien notre boulot ?

– Non. J'ai toujours entendu dire que c'était pas facile d'arrêter les auteurs de cambriolages.

– En d'autres termes, je bosse pour rien… »

Conscient qu'il n'avait aucune chance de l'emporter à ce petit jeu, Bob préféra se taire.

Au bout d'un moment, Torres demanda : « Qu'est-ce qu'il y a, dans ce sac ?

– Je m'en sers pour transporter les affaires

de Rocco : laisses, balles, sacs à crottes… des trucs comme ça.

– Il est vide, non ?

– J'ai plus de sac à crottes et j'ai perdu une balle. »

Rocco trottinait de nouveau vers eux. Bob lui réexpédia le bâton.

« Richie Whelan, lâcha Torres.

– Ben quoi ?

– Vous vous souvenez de lui ?

– Ses copains sont venus au bar la semaine dernière pour célébrer l'anniversaire de…

– Oui ? De ?

– De la dernière fois où on l'a vu.

– C'était dans votre bar, c'est ça ?

– C'est ça. Il est sorti, et il a disparu. Il avait pas pris sa bagnole.

– Exact, confirma Torres. Elle était dans un garage. Vous connaissez un certain Eric Deeds ? Un grand blond ?

– Je sais pas. De vue, peut-être, mais son nom me dit rien.

– On raconte qu'il s'est pris la tête avec Whelan ce soir-là. »

Bob lui adressa un sourire impuissant, assorti d'un haussement d'épaules.

Torres hocha la tête, puis, de la pointe de sa chaussure, tapa dans un caillou. « "Celui qui est pur, qu'il vienne à Moi."

– Pardon ?

– C'est la position adoptée par l'Église sur la communion. Si vous êtes en état de grâce, partagez le sacrement. Dans le cas contraire, repentez-vous d'abord, et ensuite partagez le sacrement. Vous, vous n'allez toujours pas communier. Pourquoi ? Vous avez oublié de vous repentir d'une faute, monsieur Saginowski ? »

Au lieu de répondre, Bob relança le bâton rapporté par Rocco.

« Vous savez, reprit Torres, personnellement je me fourvoie presque tous les jours. Pour moi, c'est pas facile, croyez-moi. Mais, le soir, je vais me confesser. C'est mieux que la thérapie ou les AA : je fais la paix avec Dieu, et le lendemain matin je Le reçois en communion. Vous, en revanche… »

Lorsque Rocco rapporta le bâton, ce fut cette fois Torres qui le ramassa. Il le garda en main un certain temps, si bien que le chiot se mit à gémir d'impatience, produisant de petits glapissements aigus que Bob n'avait encore jamais entendus. Et pour cause : il n'avait pas pour habitude d'embêter son chien. Au moment où il allait arracher le bâton des mains de Torres, celui-ci plia le bras et le lança. Rocco fila comme une flèche.

« Le repentir sincère, monsieur Saginowski. Vous devriez y réfléchir. Belle bête, au fait. »

Sur ces mots, il s'éloigna.

11

Tous on meurt

Après le départ de Torres, Bob marcha dans le parc encore un moment, mais il avait la tête ailleurs et ne prit conscience de ses déambulations qu'en retournant vers sa voiture avec Rocco. Comme il se sentait trop étourdi pour conduire, il resta plusieurs minutes près du véhicule, à contempler le ciel hivernal pesant – une épaisse muraille de nuages gris, derrière laquelle était piégé le soleil. D'ici à quelques mois, si le bras émergeait quelque part le long des berges, Torres ferait-il le lien ? se demanda-t-il. Soupçonnerait-il Bob Saginowski ?

Il te soupçonne déjà.

Bob prit une profonde inspiration, retint son souffle quelques instants, puis le relâcha. Cette fois, il n'éprouva aucune sensation de vertige, et ne vit pas non plus éclater de bulles d'air devant ses yeux.

Il se dit que tout allait s'arranger. Oui, sûrement.

Après s'être installé au volant, il se regarda dans le rétroviseur et énonça à voix haute : « Ça va aller. »

Il n'y croyait pas un seul instant, mais bon.

Il traversa la paroisse de Saint-Dom, puis continua jusque chez lui afin de déposer Rocco. Au moment où il poussait la portière, il vit Nadia sortir de la maison.

« J'étais passée le chercher pour l'emmener en balade, déclara-t-elle. J'ai balisé. Ton portable est pas allumé ? »

Bob vérifia. « Il est sur vibreur, mais j'ai rien senti.

– Je t'ai appelé plusieurs fois, pourtant. »

Sur l'écran, il lut : Appels manqués Nadia (6). « C'est ce que je vois. »

Elle inclina légèrement la tête. « Tu bosses pas, aujourd'hui ?

– Si, c'est juste que… C'est une longue histoire – trop longue pour que je te la raconte maintenant. Désolé, j'aurais dû te téléphoner.

– Non, non. C'est pas grave, t'en fais pas. »

Bob monta sur le perron avec Rocco, qui se coucha sur le dos aux pieds de Nadia. Elle lui gratta le poitrail.

« Tu connais un certain Eric Deeds ? » s'enquit Bob.

La tête baissée, Nadia continuait de caresser le chiot. « Je le connais… sans le connaître, oui. Je l'ai déjà croisé dans le quartier.

– Oh. Sur le coup, à la façon dont t'as répondu, j'ai cru que...

– Quoi ?

– Rien. Non. Je sais pas ce que je... »

Elle avait relevé la tête dans l'intervalle, et le regard qu'elle posait désormais sur lui exprimait quelque chose qu'il n'avait encore jamais vu. Quelque chose qui lui disait de se taire tout de suite et de filer sans demander son reste.

« Pourquoi tu me fais chier avec ça, Bob ? attaqua-t-elle.

– Hein ? Je t'ai posé une question, c'est tout.

– Non, t'insinuais des trucs.

– Pas du tout, je...

– Et là, tu me contredis juste pour le plaisir de t'engueuler avec moi.

– Mais non ! »

Elle se redressa. « Tu vois ? C'est ce que je disais. Bon, j'ai vraiment pas envie qu'on m'emmerde, OK ?

– Eh ! Attends... Qu'est-ce qui te prend ?

– Tu t'imagines que tu peux te défouler sur moi quand ça te chante ? Que je suis qu'un punching-ball à tabasser avec tes gros poings ?

– Quoi ? Mais non, bon sang ! »

Au moment où elle le contournait, Bob tendit la main pour l'arrêter, puis se ravisa, mais trop tard.

« Me touche pas ! »

Il recula d'un pas. Elle lui brandit sous le nez un index menaçant, avant de dévaler les marches du perron.

Arrivée sur le trottoir, elle lui jeta un regard incendiaire. « Connard ! » lança-t-elle, les larmes aux yeux.

Et de s'éloigner à grands pas.

Bob resta planté sur le perron, les bras ballants, à se demander comment il avait pu merder à ce point.

De retour au bar, Bob passa une demi-heure en cuisine à sécher les billets au sèche-cheveux. Quand il ressortit, la salle était encore aux trois quarts vide ; seuls trois vieux habitués éclusaient leur whisky premier prix à l'extrémité du comptoir la plus proche de la porte. Le cousin Marv et lui s'isolèrent à l'autre bout.

« Je lui ai juste posé une question, et là, tout est parti en vrille, raconta Bob.

– Bah, tu leur offrirais le diamant Hope qu'elles seraient encore bien capables de se plaindre qu'il est trop lourd. » Marv tourna une page de son journal. « T'es sûr qu'il a rien vu ?

– Torres ? Certain », affirma Bob, malgré ses doutes.

La porte s'ouvrit, livrant passage à Chovka, suivi par Anwar. Ils ignorèrent les trois vieillards et s'approchèrent des tabourets en face de

Bob et du cousin Marv. Ils s'y perchèrent, s'accoudèrent au bar et attendirent.

Les trois petits vieux – Pokaski, Limone et Imbruglia – ne se concertèrent même pas avant de délaisser leurs propres tabourets pour se replier près de la table de billard.

Le cousin Marv essuya le comptoir devant Chovka, alors qu'il l'avait déjà nettoyé une minute à peine avant leur arrivée. « B'soir. »

Chovka l'ignora. Il échangea un coup d'œil avec Anwar, puis tous deux reportèrent leur attention sur Bob et Marv. Chovka plongea une main dans sa poche. Anwar l'imita. Chacun sortit un paquet de cigarettes et un briquet, qu'il posa devant lui.

Bob fourragea sous le bar et récupéra le cendrier qu'il réservait d'ordinaire à Millie. Il le plaça entre les deux hommes, qui allumaient une cigarette.

« Vous buvez quelque chose, Chovka ? »

Chovka fumait sans rien dire. Anwar aussi.

« Marv ? reprit Bob.

– Quoi ?

– Anwar aime bien la Stella. »

Tandis que son cousin se dirigeait vers la glacière, Bob alla chercher une bouteille de whiskey irlandais Midleton sur l'étagère du haut. Il en versa une généreuse rasade dans un verre qu'il poussa devant Chovka. Le cousin Marv apporta à Anwar une Stella Artois. Bob attrapa un sous-bock, souleva la bouteille et le glissa dessous. Puis il tira une enveloppe kraft de sous la caisse et la plaça sur le comptoir.

« Les billets sont encore un peu humides, alors je les ai mis dans un Ziploc, pour les protéger. Mais le compte y est.

– Un Ziploc », répéta Chovka.

Bob hocha la tête. « Je les aurais bien passés au sèche-linge, mais on n'en a pas ici, du coup j'ai fait ce que j'ai pu avec un sèche-cheveux. Si vous les étalez sur une table, ils seront sûrement secs demain matin.

– Comment ça se fait qu'ils sont mouillés ? demanda Chovka.

– Il a fallu qu'on les nettoie, répondit Bob.

– Pourquoi ? Ils étaient sales ? » Chovka le dévisageait sans ciller.

« Oui. »

Le Tchétchène considéra la boisson devant lui. « C'est pas la même chose que la dernière fois.

– Non, la dernière fois, c'était le Bowmore 18. Vous avez trouvé qu'il avait un goût de cognac. À mon avis, vous préférerez celui-là. »

Chovka leva le verre à la lumière. En huma le contenu. Regarda Bob. Porta le verre à ses lèvres et avala une gorgée d'alcool. Reposa le verre. « Tous, on finit par mourir.

– Pardon ? fit Bob.

– Tous, répéta Chovka. Tous on finit par

mourir. Ça peut arriver de tellement de façons différentes... Toi, Anwar, t'as connu ton grand-père ? »

Son acolyte vida d'un coup la moitié de sa Stella. « Non. Il est mort y a longtemps.

– Et toi, Bob ? reprit Chovka. T'as toujours un grand-père ? D'un côté ou de l'autre ?

– Non, m'sieur.

– Mais ils ont bien vécu ?

– L'un d'eux est parti avant quarante ans, répondit Bob. L'autre en avait plus de soixante.

– N'empêche, tes grands-pères, ils ont vécu sur cette terre. Eux ils ont baisé, ils se sont battus, ils ont eu des bébés. Ils se sont dit qu'ils étaient les plus forts. Et après, ils sont morts. Parce que tous on meurt. » Il prit une autre gorgée de whiskey et répéta « Tous » dans un souffle. « Mais, avant que ça arrive... » Il se tourna sur son tabouret et tendit son verre à Anwar. « Faut que toi tu goûtes ce putain de whiskey, vieux. »

Il lui assena une grande claque dans le dos. Puis s'esclaffa.

Anwar trempa les lèvres dans le breuvage. Rendit le verre. « Il est bon.

– "Il est bon." » Chovka émit un petit reniflement méprisant. « Tu comprends rien aux choses raffinées, Anwar. C'est ton problème. Allez, bois ta bière. » Chovka vida son verre, sans quitter Marv des yeux. Il se concentra ensuite sur Bob. « Toi, Bob, tu comprends les choses raffinées.

– Merci.

– À mon avis, toi tu comprends beaucoup plus de choses que tu veux bien le faire croire. »

Bob garda le silence.

« C'est vous qui recevrez la livraison, reprit Chovka.

– Ce soir ? » demanda le cousin Marv.

Le Tchétchène secoua la tête.

Ils attendirent.

« Pour le Super Bowl. »

Aussitôt, Anwar et lui s'écartèrent du comptoir. Ils récupérèrent cigarettes et briquets, traversèrent la salle et sortirent.

Les deux cousins demeurèrent immobiles, comme pétrifiés. Bob se sentait de nouveau tellement étourdi qu'il n'aurait pas été surpris de se réveiller par terre dix minutes plus tard sans avoir la moindre idée de la façon dont il était arrivé là. La pièce ne tournoyait pas autour de lui – pas exactement –, mais il lui semblait que l'intensité lumineuse variait sans arrêt.

« T'as remarqué qu'il s'est pas adressé une seule fois à moi, pour me poser une question ou faire un commentaire ? lança Marv. Et quand il m'a regardé, j'aurais pu tout aussi bien être un bout de PQ toujours coincé dans son cul et qu'il devait déloger.

– C'est pas l'impression que j'ai eue.

– C'est pas l'impression que t'as eue, parce que t'étais trop occupé à lui cirer les pompes.

“V’là vot’ mint julep, missié, et excusez-moi s’il a pas le même goût que le dix-huit ans d’âge que je vous ai servi la dernière fois où vous êtes venu voir comment on bossait, nous pauv’ esclaves...” Tu te fous de ma gueule ou quoi ? Il va me buter, bordel !

– Mais non. Dis pas de conneries.

– C’est pas des conneries, Bob. Il s’imagine que moi et feu Rardy…

– Rardy n’est pas mort.

– Ah bon ? Tu l’as vu dans le coin, récemment ? » Marv montra la porte, avant de reprendre d’une voix basse et sifflante : « Ce putain de Tchétchène pense que c’est nous, Rardy et moi, qui avons fait le coup du cadavre manchot. Toi, il pense que t’es trop con, ou trop je sais pas… trop foutrement gentil pour lui avoir piqué son fric. Je t’assure, il m’a balancé le regard qui tue.

– S’il le croyait vraiment, pourquoi il aurait mis cinq mille dollars dans le sac ?

– Cinq mille ?

– Les types qui nous ont braqués ont emporté cinq mille billets. Y avait la même somme dans le sac, avec le… » Bob jeta un coup d’œil en direction de la table de billard, pour s’assurer que les trois petits vieux ne s’étaient pas rapprochés. « … avec le bras. Alors, pour moi, Chovka a retrouvé le magot en même temps que le voleur, et il nous l’a renvoyé.

– Ah oui ?

– Il peut pas te soupçonner d'avoir le fric, puisqu'il nous l'a réexpédié et qu'on vient de le lui rendre.

– Mais il s'imagine peut-être que j'ai organisé le braquage, et que mes complices gardaient le cash en attendant que les choses se tassent… De toute façon, même s'il le pensait pas, maintenant il s'est mis dans la tête que j'étais qu'une merde et qu'il devait pas me faire confiance. Ces gars-là, Bob, ils se demandent pas une seconde si leurs opinions sont rationnelles ; ils décident un jour que t'es une puce, et que le lendemain c'est jour de liquidation des puces.

– Tu t'entends parler, Marv ? »

Celui-ci avait le visage baigné de sueur. « Je vois ça d'ici : ils vont se servir du bar dimanche comme relais pour la livraison du Super Bowl, après ils faucheront le magot, et soit ils nous abattront, soit ils nous laisseront vivre suffisamment longtemps pour que tous les autres tarés de Tchétchéniens ou de Géorgiens qui ont planqué leur fric dans notre coffre ce soir-là pensent qu'on a tout orchestré. Résultat, on va se retrouver dans une cave quelque part pendant trois ou quatre jours, à se faire tabasser et torturer jusqu'à ce qu'on n'ait plus ni yeux, ni oreilles, ni dents, ni putains de couilles. Et encore après ? Deux balles dans le crâne, Bob. Deux. »

Il passa de l'autre côté du comptoir.

« Marv... », appela Bob.

Son cousin agita la main d'un geste impatient, et se dirigea vers la porte.

« Je peux pas assurer tout seul le service du jeudi soir.

– Appelle les intérims de BarTemps.

– Marv ! »

Celui-ci écarta les bras en un geste d'impuissance, puis poussa la porte. Elle se referma derrière lui, et Bob resta seul derrière le bar. Les trois petits vieux, toujours près de la table de billard, le regardèrent quelques instants avant de replonger le nez dans leur verre.

Au terme d'une longue nuit, Bob rentra chez lui, pour découvrir Nadia qui l'attendait devant la maison, une cigarette à la main. Il sentit aussitôt son visage s'illuminer comme un ciel de 4 Juillet.

« Tu dois être gelée », dit-il.

Elle fit non de la tête. « Je suis juste sortie fumer. Je tenais compagnie à Rocco.

– Tu sais, je m'en fous complètement que tu le connaisses. Je m'en fous. Il m'a dit de te dire bonjour, comme s'il voulait te transmettre une espèce de message.

– Qu'est-ce qu'il a dit d'autre ?

– Que Rocco était à lui. »

Nadia expédia sa cigarette dans la rue. Bob lui tint la porte ouverte, et elle entra.

Dans la cuisine, il laissa Rocco sortir de sa caisse, puis le prit sur ses genoux quand il s'assit à table. Nadia alla chercher deux bières au frigo, et lui en tendit une.

Chacun but sa canette dans un silence qu'elle fut la première à rompre.

« Bon, écoute : Eric est plutôt mignon, OK ? Alors, un soir, j'ai pas dit non. C'est vrai, je savais ce qu'on racontait sur lui, qu'il était pas net et tout, mais il avait quitté la ville un moment, et à son retour il paraissait plus calme, comme s'il avait maîtrisé ses démons, tu vois ? Comme s'il avait réussi à les enfermer dans une boîte. Pendant un temps, tout semblait différent. Du coup, j'étais déjà avec lui depuis un moment quand le bus des dingos s'est repointé.

– Ce qui explique le chien dans ta poubelle. »

Nadia jeta un coup d'œil à Rocco et secoua la tête. « Non. On est plus ensemble depuis… oh, bien un an. » Elle remuait toujours la tête, peut-être pour essayer de mieux se convaincre elle-même. « De toute façon, pourquoi il aurait abandonné Rocco dans ma poubelle ?

– Pour t'obliger à penser à lui, qui sait ? »

Elle réfléchit quelques instants. « Remarque, ça lui ressemblerait bien. Merde, je suis désolée.

– De quoi ? C'est pas ta faute... »

Elle vint s'accroupir devant eux et prit dans sa main la petite gueule du chiot.

« Rocco… Tu m'as dit que tu l'avais appelé comme ça à cause de saint Roch, hein ? Je suis pas trop au courant, pour les saints. C'est le patron de qui ?

– Des chiens, expliqua Bob. Le saint patron des chiens.

– Ah, c'est ça.

– Et des pharmaciens, de diverses confréries, des célibataires…

– Il a du pain sur la planche ! » Elle leva son verre pour porter un toast. « Allez, à la santé de saint Roch ! »

Ils trinquèrent.

Elle alla se rasseoir et, du pouce, effleura sa cicatrice. « Tu t'es jamais dit que certaines des choses que tu faisais étaient au-delà de… de Son pardon ?

– Du pardon de qui ?

– Ben, Lui, là-haut, déclara-t-elle en pointant le doigt vers le plafond.

– Si, y a parfois des jours où je me dis que certains péchés sont trop graves pour espérer un salut. Peu importe le bien que tu fais après, le diable attend que le moment où ton corps va te trahir, parce que de toute façon il possède déjà ton âme. Ou peut-être que le diable n'existe pas, et que quand tu meurs, Dieu te sort : "Ah non, désolé, tu peux pas entrer. T'as commis un péché impardonnable, alors tu dois rester tout seul. Pour l'éternité."

– Je crois que je préférerais encore le diable.

– Ah oui ? Y a aussi des fois où je me dis que c'est pas Dieu le problème : c'est nous. Tu comprends ? »

Elle fit non de la tête.

« On se libère pas de nos propres cages. »

Il saisit la patte de Rocco pour l'agiter vers elle. Nadia sourit et avala une gorgée de bière.

« J'ai appris que le cousin Marv était plus propriétaire de son bar, qu'il avait dû le céder à une bande de truands, dit-elle. Mais toi, Bob, t'es pas un truand. Alors pourquoi tu bosses là-bas ?

– Le cousin Marv et moi, ça remonte à loin. On est vraiment cousins, en fait. Lui et sa sœur Dottie… ma mère et leur père étaient sœurs. »

Nadia éclata de rire. « Ils partageaient aussi leur maquillage ?

– Pourquoi ? Qu'est-ce que j'ai dit ? Non, je voulais dire… bah, tu sais ce que je voulais dire. » Il rit aussi – sans avoir à se forcer, ce qui ne lui était pas arrivé depuis une éternité. « Pourquoi tu te moques de moi ?

– Parce que c'est drôle. »

Le silence qui suivit fut délicieux.

Bob finit pourtant par le briser. « Marv s'est pris pour un dur, à une certaine époque. Il avait une bande, et on se faisait pas mal de fric…

– Elle existe plus, cette bande ?

– Non. Aujourd'hui, ça suffit plus d'être dur,

faut être vicieux. Avec tous ces gangs de tordus qui sont arrivés, on s'est inclinés.

– N'empêche, t'es quand même toujours dans ce milieu. »

Bob secoua la tête. « Je tiens le bar, c'est tout. »

Elle l'observa attentivement par-dessus sa bière, lui signifiant ainsi qu'elle ne le croyait pas mais qu'elle s'abstiendrait d'insister.

« À ton avis, il va laisser tomber ? demanda-t-elle.

– Deeds ? J'ai pas l'impression que ce soit son genre.

– Non, t'as raison. Il a tué un mec, autrefois. Un certain Jours de Gloire. C'était pas son vrai nom, il s'appelait…

– … Richie Whelan. Ouais, je suis au courant.

– Eric l'a buté.

– Pourquoi ?

– Aucune idée. Tu sais, il est pas du style à s'embarrasser de "pourquoi". » Elle se leva. « Tu veux une autre canette ? »

Bob hésita.

« Allez, Bob, lâche-toi un peu ! »

Il sentit un grand sourire s'épanouir sur son visage. « Pourquoi pas ? »

Elle en posa une nouvelle devant lui, caressa la tête de Rocco, puis se rassit. Ils savourèrent leur seconde bière.

Bob la raccompagna jusque chez elle. « Bonne nuit.

– Bonne nuit, Bob. Merci.

– De quoi ? »

En guise de réponse, elle haussa les épaules, lui pressa le bras et lui déposa un rapide baiser sur la joue. Un instant plus tard, elle avait disparu.

Les rues étaient silencieuses quand Bob rentra chez lui. Arrivé devant une longue plaque de verglas sur le trottoir, il hésita un instant, puis, au lieu de la contourner, s'élança dessus, les bras écartés afin d'assurer son équilibre. Comme un gosse. Parvenu au bout sans encombre, il sourit aux étoiles.

Une fois chez lui, il rassembla les canettes restées sur la table et les rinça avant de les placer dans un sac en plastique accroché à la poignée d'un tiroir. Il sourit à Rocco, qui dormait roulé en boule dans un coin de sa caisse, et éteignit la lumière dans la cuisine.

Une seconde plus tard, il la rallumait. Lorsqu'il ouvrit la caisse, Rocco leva la tête vers lui. Bob contempla le nouvel accessoire à l'intérieur :

Le parapluie qu'Eric Deeds avait emporté.

Bob le récupéra et resta longtemps assis à table, à le fixer d'un regard vide.

12

Comme hors du temps

Le vendredi en fin de matinée, Eric Deeds était assis au fond du snack Hi-Fi, devant deux parts de pizza. Il choisissait toujours une place au fond de la salle quand il allait boire un verre ou manger un morceau quelque part, car il n'aimait pas se trouver à plus de trois mètres d'une issue de secours. « Au cas où, avait-il dit un jour à une fille.

– Au cas où quoi ?

– Où ils me tomberaient dessus.

– C'est qui, “ils” ?

– Y a toujours un “ils” », avait répondu Deeds en la dévisageant. Elle, c'était Jeannie Madden, avec qui il sortait à l'époque, et en cet instant il avait cru lire dans son regard qu'elle le comprenait. Enfin – enfin ! – il tenait son âme sœur.

Elle lui avait caressé la main. « Y a toujours un “ils”, c'est ça ?

– Toujours », avait-il confirmé.

Trois heures plus tard, elle le plaquait. Elle avait laissé un message sur le vieux répondeur mastoc que le père d'Eric avait installé dans le vestibule de leur maison à Parker Hill. Elle commençait en douceur, en disant que c'était à cause d'elle, lui n'y était pour rien, que parfois les sentiments s'usaient, et qu'un jour elle espérait qu'ils réussiraient à être amis, mais que s'il essayait sur elle ses trucs de taré, s'il s'avisait ne serait-ce que d'y penser, ses quatre frangins lui tomberaient dessus pendant qu'il se baladait dans Bucky Avenue et lui flanqueraient la dérouillée de sa vie. « Faut te faire soigner, Eric. T'as sacrément besoin d'aide. Quoi qu'il en soit, fous-moi la paix ! »

Il l'avait laissée tranquille. Elle avait épousé Paul Giraldi, l'électricien, six mois plus tard. Aujourd'hui, elle avait trois gosses.

Et Eric Deeds surveillait toujours du coin de l'œil l'issue de secours au fond du même snack. Seul à sa table.

Il envisagea d'ailleurs de passer par cette porte quand il vit soudain le gros, le cousin Marv, se diriger vers lui, mais il ne voulait pas provoquer un scandale et risquer de perdre une nouvelle fois son droit d'entrée. En 2005, après l'incident avec le Sprite et les poivrons verts, il avait été exclu de l'établissement pendant six mois – lesquels avaient compté parmi les six plus longs de sa vie, parce que Hi-Fi servait décidément les meilleures pizzas de toute l'histoire de la pizza.

Alors il resta où il était, tandis que le cousin Marv enlevait son manteau et s'asseyait en face de lui.

« J'ai toujours pas de Zima », commença-t-il.

Ne sachant pas trop quelle tournure allait prendre la conversation, Deeds continua de manger.

Le cousin Marv écarta la salière et la saupoudreuse à parmesan placées entre eux, puis le dévisagea. « Qu'est-ce que t'as contre mon cousin ?

– Il a pris mon chien. » Deeds ramena la saupoudreuse vers lui.

« J'ai entendu dire que tu l'avais cogné, ce clébard.

– Peut-être, mais j'ai eu des remords après. » Deeds avala une petite gorgée de Coca. « Est-ce que ça compte ? »

Le cousin Marv le regarda de la même façon que beaucoup de gens – comme s'il pouvait voir ses pensées et les trouvait pitoyables.

C'est toi qui te trouveras pitoyable un jour, songea Deeds. *Je te ferai chialer, saigner et me supplier d'arrêter.*

« Tu le veux, au moins, ce chien ?

– Je sais pas, répondit Deeds. En attendant, j'ai pas envie que ton cousin se balade partout en se croyant tout permis. Faut qu'il retienne la leçon.

– Quelle leçon ?
– Il aurait jamais dû me chercher. Et maintenant, c'est toi qui me cherches. Tu penses que je vais tolérer ça ?
– Du calme. Je suis pas venu t'emmerder. »
Deeds mastiqua sa pizza.
« T'as déjà fait un séjour à l'ombre ? demanda Marv.
– Comment ça ?
– En taule. »
Sa première part terminée, Deeds se frotta les mains pour les débarrasser des miettes. « Ouais.
– Ah bon ? » Marv haussa les sourcils. « Où ?
– À Broad River. »
Marv secoua la tête. « Connais pas.
– C'est en Caroline du Sud.
– Merde. Comment t'as atterri là-bas ? »
Deeds haussa les épaules.
« Donc, t'as tiré tes… combien, deux, trois ans ? Et après t'es revenu ?
– C'est ça.
– Et c'était comment, la taule en Caroline du Sud ? Ça t'a paru long ? »
Deeds attaqua sa seconde part en regardant Marv droit dans les yeux. « C'était hors du temps. »

Malgré tous les efforts déployés par Torres pour en savoir plus sur la disparition de Richie Whelan dix ans plus tôt, il n'apprit pas grand-chose. Le gamin semblait s'être littéralement évanoui dans la nature. Ce soir-là, il avait quitté le Cousin Marv en disant qu'il serait de retour un quart d'heure plus tard, le temps d'aller racheter du shit dans le quartier. La nuit était pire que glaciale ; c'était bien le genre de nuit qui poussait les gens à investir en Floride dans des terrains qu'ils n'avaient jamais vus. Il faisait dans les moins quinze quand Whelan avait quitté le bar, à onze heures quarante-cinq. Torres avait creusé encore un peu, et découvert que le vent aggravait les choses, si bien que la température ressentie avoisinait plutôt les moins vingt. Il fallait donc imaginer Richie Whelan se hâtant sur le trottoir dans un froid polaire – un froid qui devait lui brûler les poumons et s'insinuer entre ses dents. Il n'y avait personne dehors, parce que seul un accro au shit ou à la coke pouvait braver les éléments le temps d'une petite balade de minuit – même si la balade en question ne devait l'emmener que trois carrefours plus loin, soit environ trois cents mètres, la distance exacte entre le bar du cousin Marv et l'endroit où Whelan allait s'approvisionner.

Les dealers supposés de Whelan ce soir-là étaient deux petites frappes nommées Eric Deeds et Tim Brennan. Brennan avait fait une déposition à la police quelques jours plus tard, en disant que Whelan ne s'était jamais présenté chez lui ce soir-là. Quand on lui avait demandé quel genre de relation il entretenait avec le gamin, il avait répondu : « Des fois, il m'achetait de l'herbe. » Deeds, lui, n'avait jamais fait de déposition ; son nom n'était apparu que dans les témoignages recueillis auprès des amis que Richie Whelan avait laissés au Cousin Marv ce soir-là.

Alors, se disait Torres, si on partait du principe que Brennan n'avait aucune raison de mentir, puisqu'il avait de lui-même reconnu fournir de la drogue à Whelan, il était possible de conclure que ce dernier avait disparu dans un rayon de trois cents mètres autour du Cousin Marv.

Et il ne pouvait se défaire du sentiment que ce petit détail avait plus d'importance que ne lui en avaient accordé les inspecteurs ayant jusque-là enquêté sur l'affaire.

« Pourquoi ? lui aurait sans doute demandé Mark Adeline, son supérieur, s'il avait été assez bête pour lui avouer qu'il avait rouvert l'un des dossiers classés sans suite par un de ses collègues.

– Parce que ce petit con ne va pas communier », aurait-il répondu alors.

Dans le film de sa vie, son supérieur se serait renversé dans son fauteuil, le regard éclairé par une lueur de sagesse, et il aurait déclaré : « Ah. T'es peut-être tombé sur un truc intéressant, là. OK, je te donne trois jours. »

Mais, dans la réalité, Adeline ne pensait qu'à leur mettre la pression pour améliorer le taux d'élucidation des Cambriolages. Une pression d'enfer. Une nouvelle promotion s'apprêtait à sortir de l'école de police. Autrement dit, pas mal de patrouilleurs allaient gravir les échelons et bosser en civil. Les Cambriolages, les Crimes majeurs, les Homicides, les Mœurs – ils chercheraient tous du sang neuf. Et l'ancien, alors ? Qu'allaient devenir ceux qui se plongeaient dans les affaires classées sans suite des autres, pendant que les leurs prenaient la poussière et moisissaient dans un coin ? Ils finiraient vraisemblablement à la surveillance du local des scellés, voire à celle des taxis de la ville, aux Relations avec les médias, ou pire, à l'Unité portuaire, avec pour mission de faire respecter les codes maritimes par moins quinze degrés. De son côté, Evandro Torres croulait sous les dossiers qui encombraient son bureau et son disque dur. Il aurait dû s'occuper d'aller prendre des dépositions dans au moins trois affaires – le braquage d'un magasin de spiritueux à Allston, un vol à l'arraché à Newbury Street et un gang qui dévalisait les pharmacies –, sans compter celle du Cousin Marv. Il y avait aussi toutes ces baraques cambriolées en pleine journée dans le South End. Plus l'histoire de ces camions de livraison dans la zone de Seaport, qui n'arrêtaient pas de perdre leurs chargements de fruits de mer frais et de viande congelée.

Plus, plus, plus. Avant même d'avoir compris ce qu'il lui arrivait, un homme pouvait se retrouver noyé sous la masse.

Torres marcha vers sa voiture en se disant qu'il allait à Seaport secouer un peu ce chauffeur qu'il soupçonnait d'avoir volé la marchandise, celui qui était trop sympa la dernière fois qu'ils s'étaient parlé, et qui mâchouillait du chewing-gum comme une vache rumine.

Au lieu de quoi, il se rendit à la centrale électrique de Southie. Il y arriva en même temps que le soleil se levait et que l'équipe de nuit sortait, et il demanda au contremaître de lui montrer Sean McGrath. McGrath, un vieux copain de Whelan, était aussi, d'après tous ceux avec qui Torres s'était entretenu, le chef d'une petite bande qui rendait hommage à Jours de Gloire une fois par an, le soir de l'anniversaire de sa disparition.

Torres venait de se présenter, et commençait à expliquer pourquoi il était passé, quand McGrath l'arrêta d'un geste et interpella un de ses collègues. « *Yo*, Jimmy !

– Ouais ?

– On va où ?

– Comme d'habitude.

– Le bar près du traiteur ? »

Le dénommé Jimmy secoua la tête et alluma une cigarette. « Nan, l'autre.

– Cool », déclara McGrath.

Son copain le salua de la main et s'éloigna avec les autres.

McGrath se tourna de nouveau vers Torres. « Vous vouliez me parler du soir où Richie a joué les filles de l'air, c'est ça ?

– C'est ça. Vous auriez quelque chose à me dire ?

– Que dalle. Il a quitté le bar, et on l'a plus jamais revu.

– C'est tout ?

– C'est tout, confirma McGrath. Croyez-moi, ça plaît à personne, mais c'est comme ça. On l'a plus jamais revu. Si le paradis existe et que j'y vais un jour, la première question que je poserai – avant même "Qui a buté JFK ?" ou "Jésus est dans le coin ?" –, c'est : "Qu'est-ce qui est arrivé à mon pote Richie Whelan ?" »

En le voyant sautiller d'un pied sur l'autre dans le froid du petit matin, Torres sut qu'il ne pourrait pas le retenir bien longtemps. « Dans votre déposition originale, vous avez dit qu'il était parti…

– … chercher de l'herbe, sûr. Auprès de ses fournisseurs habituels. Ce crétin, là, Tim Brennan, et un autre gars. »

Torres consulta son calepin. « Eric Deeds, oui. Vous l'avez aussi mentionné à l'époque. Mais laissez-moi vous poser une question. »

McGrath souffla sur ses mains. « Allez-y.

– Bob Saginowski et le cousin Marv, ils travaillaient tous les deux au bar, ce soir-là ? »

McGrath cessa de souffler sur ses mains. « Vous essayez de leur coller ça sur le dos ?

– Je veux juste… »

Quand McGrath se rapprocha, Evandro Torres eut le sentiment qu'il ne ferait pas bon le pousser à bout. « Une minute. Vous débarquez ici en disant que vous êtes des Cambriolages, mais Richie Whelan a pas été cambriolé, à ce que je sache. Et vous m'obligez à rester là, à vous causer devant tous les types avec qui je bosse, comme si j'étais une balance. Alors, merci beaucoup.

– Écoutez, monsieur McGrath…

– Le Cousin Marv, c'est mon bar. » Il avança encore d'un pas en respirant bruyamment, les narines frémissantes, le regard menaçant. « Foutez pas le bordel dans mon bar, OK ? »

Il adressa à Torres un petit salut moqueur avant de partir rejoindre ses amis.

Eric Deeds jeta un coup d'œil par la fenêtre de l'appartement familial, au premier, quand la sonnette retentit pour la seconde fois. Les bras lui en tombèrent. C'était Bob, sur le perron. Bob Saginowski. L'Emmerdeur. Le Clebsomane. Le bon Samaritain.

Il perçut trop tard le grincement des roues, et se retourna au moment où son père, dans le couloir, approchait son fauteuil roulant de l'interphone.

« Retourne dans ta chambre », ordonna Eric, le doigt tendu.

Le vieil homme se borna à le dévisager, comme un enfant qui n'aurait pas encore appris à parler. De fait, il ne pouvait plus parler depuis neuf ans, et beaucoup étaient convaincus que cette incapacité affaiblissait aussi ses facultés mentales et tout, mais Eric, lui, savait que le vieux salopard était toujours en lui, bien vivant, caché sous la peau fripée. Toujours à imaginer le meilleur moyen d'appuyer là où ça faisait mal, de lui prendre la tête, de s'assurer que le sol sous ses pieds était aussi instable que des sables mouvants.

Au troisième coup de sonnette, le vieil homme leva l'index vers les boutons de l'interphone – Émission/Réception, Ouverture.

« Je t'ai déjà dit de toucher à rien, bordel ! » gronda Eric.

Son père plia l'index et l'approcha du bouton Ouverture.

« Je vais te balancer par la fenêtre, t'entends ? Avec ton putain de fauteuil couinant ! »

Le vieil homme se figea, les sourcils levés.

« Je déconne pas. »

Un sourire.

« Fais pas… »

Trop tard. Le vieil homme appuya sur le bouton et garda le doigt pressé dessus.

Eric traversa le salon en trombe et se jeta sur son père, qu'il renversa du fauteuil. Le vieil homme se contenta de glousser, allongé par terre, une expression rêveuse, distante, dans ses yeux clairs à l'aspect laiteux, comme s'il entrevoyait l'autre monde et le découvrait aussi pourri que celui-ci.

Bob venait de redescendre sur le trottoir quand il entendit l'interphone bourdonner. Il gravit de nouveau les marches et atteignit la porte au moment où le bruit cessait.

Merde.

Il appuya sur la sonnette encore une fois. Patienta. Recommença. Patienta. Tendit le cou pour essayer de voir la fenêtre du premier. Re-sonna. Au bout d'un moment, il redescendit sur le trottoir et examina les fenêtres du premier étage en se demandant si un des locataires n'aurait pas laissé ouverte la porte de derrière. Après tout, c'était fréquent. Ou alors, peut-être que le propriétaire ne se souciait pas de savoir si le bois autour de la serrure avait travaillé pendant l'hiver ou si les termites s'y étaient attaqués… Auquel cas, comment réagirait-il ? se demanda Bob. Oserait-il entrer par effraction ? Il avait laissé les conneries de ce genre tellement loin derrière lui qu'elles auraient tout aussi bien pu faire partie de la vie d'un autre – celle d'un sosie, peut-être, ou d'un jumeau dont il n'aurait jamais été particulièrement proche.

Il en était là de ses réflexions quand Eric Deeds se matérialisa devant lui, avec sur le visage cet air d'illuminé de première, comme s'il était arrivé finaliste lors de la cérémonie de béatification des types qu'on avait fait tomber sur la tête tout gosses. Il avait dû passer par l'allée latérale, se dit Bob, et il dégageait une impression d'énergie fébrile, comme s'il était branché sur cent mille volts.

« T'as dérangé mon père », gronda-t-il.

Bob garda le silence, mais il dut faire une drôle de tête, car Deeds se lança dans une parodie moqueuse de ses mimiques.

« Faut que tu sonnes combien de fois chez quelqu'un avant de comprendre qu'on veut pas t'ouvrir, Bob ? Mon vieux est vieux, il a besoin de paix, de tranquillité et tout le bordel.

– Désolé », murmura Bob.

La réponse parut plaire à Deeds, dont le visage s'éclaira d'un large sourire. « C'est tout ce que t'as à dire, Bob ? » Le sourire mourut, remplacé aussitôt par une expression hagarde – celle d'un petit animal à la patte cassée qui se retrouve dans une partie de la forêt qu'il ne reconnaît pas, peut-être –, à laquelle succéda un air sournois, mélange de fourberie et de froideur. « Remarque, tu m'évites un voyage.

– Comment ça ?

– Je comptais passer chez toi plus tard, de toute façon.

– Je m'en doutais.

– Je t'ai rapporté ton parapluie, t'as vu ? »

Bob hocha la tête.

« J'aurais pu prendre le clebs. »

Nouveau hochement de tête.

« Mais je l'ai pas fait.

– Pourquoi ? » demanda Bob.

Deeds balaya du regard la rue, où la circulation matinale commençait à se fluidifier. « Il a plus sa place dans mes plans.

– Ah. »

Après avoir inspiré une bonne bouffée d'air froid, Deeds se racla la gorge et cracha sur le trottoir. « Dix mille.

– Quoi ?

– Je veux dix mille dollars, Bob. Pour demain matin.

– Je les ai pas…

– Tu devrais pas avoir trop de mal à les trouver.

– Comment je pourrais…

– Le coffre dans le bureau du Cousin Marv, par exemple. Je te suggère de commencer par là. »

Bob secoua la tête. « Impossible. Le système de verrouillage est réglé…

– … sur minuterie. Ouais, je sais. » Deeds alluma une cigarette. Le vent rabattit sur son doigt la flamme de l'allumette, et il secoua les deux jusqu'à l'éteindre. Il souffla ensuite sur son index. « Le système en question se désactive à deux heures du mat', et vous avez quatre-vingt-dix secondes pour y transférer les fonds de l'autre coffre, sinon deux alarmes silencieuses se déclenchent, qui sont pas reliées à un poste de police ni à une agence de sécurité. Alors, qu'est-ce que t'en dis ? » Deeds haussa les sourcils en tirant sur sa cigarette. « Je suis pas gourmand, Bob. J'ai juste besoin d'un capital pour me lancer. T'as même pas à vider le coffre : tu me files dix mille billets et je disparais.

– C'est ridicule.

– Possible.

– On débarque pas comme ça dans l'existence des autres…

– Mais c'est ça, la vie, mon vieux : y a toujours quelqu'un qui déboule alors que t'étais pas prêt ou que tu regardais pas dans la bonne direction. Je suis ton Apocalypse, Bob.

– On doit pouvoir s'arranger autrement », s'obstina ce dernier.

Deeds haussa de nouveau les sourcils. « T'essaies de raisonner comme un type normal dans des circonstances normales, sauf que c'est pas le cas. Je te répète que j'ai besoin de ce fric, Bob. Alors tu te débrouilles pour mettre la main dessus ce soir, et je passerai le chercher demain matin. Qui te dit que je vais pas le miser pendant le Super Bowl ? Je serai chez toi demain matin à neuf heures tapantes, t'as compris ? Si t'es pas là, je sauterai à pieds joints sur la tête de cette salope de Nadia jusqu'à lui briser la nuque et lui écrabouiller la gueule. Après, j'achèverai Médor à coups de pierre. Regarde-moi bien dans les yeux, Bob, et dis-moi si je bluffe. »

Bob sonda le regard de Deeds. Ce n'était pas la première fois de sa vie, et ce ne serait certainement pas la dernière, que la vue de la cruauté lui soulevait le cœur. Il dut se retenir pour ne pas vomir.

« Qu'est-ce qui cloche chez toi, bon sang ? » dit-il.

Deeds écarta les mains. « À peu près tout. Je suis sérieusement atteint, Bob. Et t'as pris mon chien.

– T'avais failli le tuer.

– Nan, c'est pas vrai, répliqua Deeds avec force, comme s'il y croyait réellement. T'es au courant de ce que j'ai fait à Richie Whelan ? »

Bob inclina la tête.

« C'était qu'un sale petit merdeux. Je l'ai surpris en train d'essayer de draguer ma copine, alors… bye-bye, Richie. Tu veux savoir pourquoi je t'en parle maintenant, Bob ? Parce que j'avais un associé sur ce coup-là, figure-toi. Alors, si tu décides de me baiser, crois-moi, tu passeras le restant limité de tes jours à te demander quand mon associé te tombera dessus ou appellera les flics. » Il expédia son mégot dans la rue. « T'as quelque chose à ajouter ? »

Bob garda le silence.

« OK. On se voit demain matin. » Deeds l'abandonna sur le trottoir et rentra chez lui.

« Mais enfin, c'est qui, ce mec ? demanda Bob à Nadia quand ils promenèrent Rocco dans le parc.

– Qu'est-ce que tu veux savoir au juste ? Qui il est, ou ce qu'il représente pour moi ? »

Le fleuve avait encore gelé la nuit précédente, mais la glace à la surface se brisait déjà dans un concert de craquements et de grincements. Le chiot n'arrêtait pas de vouloir s'aventurer sur la berge, et Bob devait sans cesse le retenir.

« Ce qu'il représente pour toi, répondit-il.

– Je te l'ai déjà dit, on est sortis ensemble un moment. » Elle haussa ses épaules étroites. « C'est un gars qui a grandi dans ma rue. Il a fait pas mal de séjours en prison, et aussi à l'hosto. On raconte qu'il a tué Richie Whelan dans les années quatre-vingt-dix.

– Qui, "on" ? Lui, ou d'autres ? »

Nouveau haussement d'épaules. « Ça revient au même, non ?

– Et "on" sait pourquoi il l'aurait tué ?

– D'après ce que j'ai entendu dire, il cherchait à impressionner des durs du côté de Stoughton Street.

– La bande de Leo. »

Elle le regarda, son visage formant un disque blanc sous sa capuche noire. « C'est le bruit qui court.

– Donc, c'est pas un gentil.

– Personne n'est gentil, Bob.

– Tu te trompes, répliqua-t-il. La plupart des gens sont pas fondamentalement mauvais.

– Ah bon ? » Sourire incrédule.

« Je t'assure. C'est juste qu'ils, je sais pas… qu'ils ont le chic pour foutre le bordel, et après ils s'enfoncent encore plus en essayant de tout remettre d'aplomb, si bien qu'au bout d'un moment ça devient un mode de vie. »

Elle renifla et pouffa en même temps. « Oh, c'est comme ça que ça se passe...

– Ouais, des fois. » Il jeta un coup d'œil à la cordelette rouge foncé autour de son cou.

Nadia surprit la direction de son regard. « Pourquoi tu m'as jamais posé la question ?

– Je te l'ai dit, ce serait pas poli. »

Elle lui adressa ce sourire si particulier qui lui chavirait le cœur. « Ça existe encore, la politesse ?

– C'est devenu rare », admit-il. Il lui sembla que sa réponse comportait une dimension tragique, comme si trop de choses qui auraient dû avoir de l'importance la perdaient peu à peu. Comme si on devait se réveiller un jour pour s'apercevoir qu'elles avaient disparu, de la même façon que les 8 pistes ou les journaux papier. « C'est Deeds qui t'a fait ça ?

– Non. Oui. Enfin, non. Il m'a fait quelque chose pendant un de ses… je crois que les psys appellent ça des "épisodes psychotiques", et j'ai pas bien réagi. Y avait déjà pas mal d'autres trucs qui me pourrissaient la tête à ce moment-là, c'était pas seulement à cause de lui…

– Je suis sûr que si.

– … mais ç'a été la goutte d'eau de trop. J'ai pété les plombs.

– Tu veux dire que… c'est toi qui t'es blessée ? »

Elle confirma d'un signe de tête. « J'étais défoncée.

– T'as essayé de t'ouvrir la gorge ?

– Avec un cutter. Un de ces…

– Oh, merde. Oui, je sais ce que c'est… » Abasourdi, il répéta : « T'as vraiment essayé de t'ouvrir la gorge ? »

Elle le dévisagea quelques instants. « J'étais quelqu'un d'autre, tu comprends ? Quelqu'un que j'arrivais pas à aimer.

– Et maintenant, t'y arrives ? »

Léger haussement d'épaules.

Bob préféra se taire, conscient que, s'il prenait la parole, il risquait de tuer quelque chose entre eux qui méritait de vivre.

Au bout d'un moment, Nadia releva la tête. Des larmes brillaient dans ses yeux.

Ils marchèrent encore un moment.

« Tu les avais déjà vus ensemble ? demanda soudain Bob.

– Hein ?

– Deeds, tu l'avais déjà vu avec Rocco ? Après tout, il habite dans ta rue.

– Je crois pas.

– Comment ça, tu "crois" pas ? C'est quand même pas difficile de répondre oui ou non ! »

Elle recula d'un pas. « Eh, qu'est-ce qui t'arrive, Bob ? C'est pas toi qui parles, là.

– Si, c'est bien moi », lui assura-t-il. Il s'efforça d'adoucir sa voix. « Est-ce que t'avais déjà vu Eric Deeds avec Rocco, Nadia ? »

Bref hochement de tête.

« Alors tu savais que c'était son chien. »

Nouveau hochement de tête.

« Et que c'était lui qui l'avait flanqué dans cette poubelle. » Bob poussa un profond soupir. « Bon. »

Ils traversèrent un petit pont en bois qui enjambait une partie de la rivière encore gelée. La glace était devenue fine, et s'était teintée de bleu clair, mais elle tenait bon.

« Il veut dix mille dollars, c'est ça ? » s'enquit-elle enfin.

Bob opina du chef.

« Mais si le bar se retrouve avec un trou de dix mille dans la caisse, qu'est-ce qui se passera ?

– Quelqu'un paiera.

– Toi ?

– Et Marv. Nous deux. On nous a déjà braqués une fois.

– Ils te tueront ?

– Difficile à dire. Une poignée d'entre eux se réuniront – des Tchétchènes, des Ritals, des Micks[1]… Ils seront cinq ou six à boire un café sur un parking, le temps de prendre une décision. S'il leur manque dix mille dollars, en plus des cinq mille qu'on nous a fauchés, je suis mal barré. » Il leva les yeux vers le ciel dégagé. « Mais bon, je devrais pouvoir les prendre sur mes fonds personnels. J'ai fait des économies.

– Pourquoi ? Qu'est-ce que Bob Saginowski rêve de se payer un jour ? »

Comme il ne répondait pas, elle abandonna le sujet.

« En admettant que tu lui donnes ses dix mille…, commença-t-elle.

– Ça suffira pas.

– Ah bon ? C'est ce qu'il t'a demandé, pourtant…

– Bien sûr, sauf que c'est pas ce dont il a besoin. Imagine un type affamé qui voit un sachet de chips, d'accord ? Y en a plus nulle part, c'est le tout dernier. S'il en mange trois ou quatre toutes les quatre heures, il peut faire

1. Terme péjoratif désignant les Irlandais.

durer le sachet peut-être cinq jours. Mais tu crois vraiment qu'il va réagir comme ça ?

– Non, il va tout bouffer d'un coup.

– Exactement.

– Alors, qu'est-ce que tu vas décider ? »

Une nouvelle fois, Rocco tenta de se rapprocher de la berge, et Bob tira sur la laisse, avant de se pencher pour lui donner une petite tape sur la truffe. « Non ! J'ai dit : "Non." Compris ? » Puis il leva les yeux vers Nadia. « J'en ai pas la moindre idée. »

13

Souvenez-vous de moi

Dans Causeway Street, les flots de spectateurs ayant assisté au match des Bruins déferlaient sous une pluie battante. Le cousin Marv dut se ranger le long du trottoir, au milieu des flics qui criaient à tout le monde d'avancer, des taxis qui klaxonnaient et des groupes qui se bousculaient autour de lui, ébranlant la Honda, tandis que l'eau ruisselait sur le pare-brise en une soupe épaisse. Il s'apprêtait à redémarrer pour faire un détour qui, compte tenu de la circulation chargée, lui prendrait au moins une demi-heure, quand Fitz émergea de la foule et s'arrêta à quelques pas de la portière, le regard fixé sur lui. Sous sa capuche en vinyle noir, son visage était blême et creusé.

Marv se pencha vers le siège passager pour baisser la vitre de la vieille Honda d'un brun doré terni. « Monte. »

Fitz resta où il était.

« Qu'est-ce qui te prend ? lança Marv. T'as peur que j'aie étalé du plastique dans le coffre pour pas le tacher ? » Il le déverrouilla. « Regarde, si tu veux. »

Sans bouger d'un pouce, Fitz jeta un coup d'œil en direction de la malle arrière. « Je vais nulle part avec toi, Marv.

– Tu déconnes, là ? Faut qu'on parle.

– Ils ont buté mon frangin ! » cria Fitz sous la pluie.

Marv hocha la tête d'un air grave. « Je suis pas certain que le flic planté au carrefour ait bien entendu, Fitzy. Pareil pour celui qui est juste derrière toi. »

Fitz tourna la tête vers le jeune agent qui s'efforçait de maîtriser les mouvements de foule à quelques mètres d'eux. Il ne leur prêtait aucune attention en cet instant, mais tout pouvait changer.

« C'est grotesque, reprit Marv. À peu près deux mille personnes, dont des flics, nous ont vus parler près de cette bagnole. Il fait un froid de canard. Allez, monte ! »

Fitz avança d'un pas vers la Honda, avant de s'immobiliser. « Eh, m'sieur l'agent ! appela-t-il. Monsieur l'agent ! »

Le jeune flic se retourna.

Fitz pointa l'index vers son propre torse, puis vers la voiture. « Regardez-moi bien. Vous vous souviendrez de moi ?

– Déplacez ce véhicule ! » ordonna le flic.

Fitz leva le pouce. « Je m'appelle Fitz.

– Dégagez ! » s'écria le flic.

Au moment où Fitz ouvrait la portière, Marv lui lança : « Tu peux fermer le coffre ? »

Fitz courut sous la pluie, claqua la malle arrière et revint s'installer sur le siège passager. Le cousin Marv remonta la vitre et démarra.

À peine s'étaient-ils éloignés que Fitz écarta les pans de sa veste pour lui montrer le calibre 38 coincé derrière sa ceinture. « Déconne pas, Marv. Surtout, tu déconnes pas avec moi, compris ? Hein, t'as compris ?

– C'est ta maman qui a mis ce flingue dans la boîte de ton goûter ? Tu te crois où, Fitz ? Dans un État rouge[1] ? T'as peur que les métèques viennent te piquer ton boulot et les nègres ta femme, c'est ça ?

– La dernière fois qu'on a vu mon frangin en vie, il montait dans la bagnole d'un type.

– Et il avait probablement un flingue, lui aussi.

– Va te faire foutre, Marv.

– Écoute, Fitz, je suis désolé pour ton frère. Sincèrement. Mais tu me connais, j'ai rien d'un maniaque de la gâchette ; je suis qu'un pauvre barman mort de trouille. Et je donnerais cher pour pouvoir effacer cette putain d'année et tout recom-

---

1. État républicain.

mencer. » Il jeta un coup d'œil dehors, tandis que les voitures avançaient pare-chocs contre pare-chocs en direction de Storrow Drive. Puis il posa sur l'arme un regard appuyé. « Tu crois que t'auras une plus grosse queue si tu braques ce flingue sur moi en le tenant de côté, style gangsta ?

– T'es vraiment trop con. »

Marv étouffa un petit rire. « Rien de nouveau sous le soleil. »

La circulation devint un peu plus fluide lorsqu'ils s'engagèrent dans Storrow Drive en direction de l'ouest.

« On va crever, déclara soudain Fitz. Tu t'en rends compte, au moins ?

– C'est un problème de risque-rendement, Fitzy. On a déjà pris un risque, d'accord. Et c'est vrai que ça se présente pas au mieux pour le moment. »

Fitz alluma une cigarette. « Mais ?

– Mais je sais où sera déposée la livraison du Super Bowl, demain. Le gros lot, Fitzy. Tu veux venger ton frangin ? Soulage-les d'un million de dollars.

– C'est un putain de suicide.

– À ce stade, on est en sursis tous les deux. Alors je préférerais encore me tirer avec un bon paquet de fric que me retrouver en cavale complètement fauché. »

Fitz réfléchit quelques instants, le genou droit rebondissant sous la boîte à gants, contre laquelle il tapait régulièrement. « Je suis pas partant, Marv.

– À toi de voir. Je vais pas te supplier de me donner un coup de main pour partager une prime à six zéros.

– J'ai jamais eu ma part des cinq mille billets de merde qu'on a fauchés la première fois.

– C'est toi qui les avais, pourtant.

– Non, c'est Bri qui les avait. »

Il n'y avait presque plus de circulation quand ils passèrent devant le Harvard Stadium, le premier stade de foot construit dans le pays – un autre de ces bâtiments qui semblaient se moquer de Marv, un de ces endroits où il se serait senti ridicule s'il avait essayé d'y entrer. C'était ainsi que fonctionnait cette ville : elle vous jetait son histoire à la figure à chaque coin de rue, comme pour vous rendre encore plus conscient de votre insignifiance dans son ombre indifférente.

Marv tourna vers l'ouest pour suivre le cours du fleuve, et cette fois il n'y eut plus qu'eux sur la route. « D'accord, je vais te dédommager.

– Quoi ?

– Sérieux. Mais j'y mets deux conditions : un, tu parles de cette conversation à personne. Et, deux, t'as pas une piaule où je pourrais me planquer quelques jours ?

– Pourquoi ? T'es à la rue ? »

Un choc métallique se fit entendre à l'arrière. Marv regarda dans le rétroviseur et vit le hayon du coffre tressauter sous la pluie.

« Ah merde ! T'as pas fermé le coffre, Fitz.

– Si, je t'assure.

– Pas bien, alors. »

Le hayon continuait de battre.

« Et non, je suis pas à la rue, mais tout le monde sait où j'habite, reprit Marv. Alors que toi… Même moi, j'ai pas la moindre idée de l'endroit où tu crèches. »

Le hayon claqua, puis se rouvrit.

« J'avais fermé ce truc, marmonna Fitz.

– C'est toi qui le dis.

– Fais chier ! Arrête-toi, je vais voir. »

Marv bifurqua vers l'un des parkings le long de la Charles River, dont on disait qu'il servait de lieu de rencontre pour les homos mariés à des femmes dans la vie de tous les jours. Une seule autre voiture y était garée : une vieille guimbarde américaine qui semblait là depuis au moins une semaine, à en juger par la quantité de neige encore accrochée à la calandre et qui menait un combat perdu d'avance contre la pluie. On était samedi, se rappela Marv, autrement dit les homos dînaient probablement chez eux avec femme et enfants, en faisant semblant de ne pas aimer la bite et les films de Kate Hudson. Il n'y avait personne aux alentours.

« Alors, tu me loges chez toi, oui ou non ?

lança Marv. Juste ce soir, et oui, peut-être aussi demain. »

Il freina.

« Pas chez moi, mais je connais une planque, répondit Fitz.

– Y a le câble ? »

Fitz, qui avait déjà poussé la portière, maugréa : « Et puis quoi encore ? »

Il courut à l'arrière de la voiture et claqua le coffre d'une seule main. Il revint vers la portière côté passager, et tourna vivement la tête quand le coffre se rouvrit.

Une expression rageuse déforma ses traits. Il retourna derrière la Honda, saisit le hayon à deux mains et l'abattit si fort, cette fois, que la voiture tout entière, conducteur compris, fut ébranlée.

Puis les feux de stop qui baignaient de rouge son visage s'éteignirent. Il croisa le regard de Marv dans le rétroviseur intérieur, et en cette ultime seconde comprit qu'il s'était fait avoir. La haine qui se refléta alors dans ses yeux semblait dirigée moins contre Marv que contre lui-même.

La Honda cahota lorsque Marv, après avoir passé la marche arrière et percuté Fitz, roula sur lui. Il entendit un cri, un seul, étrangement lointain de surcroît, aussi n'eut-il pas trop de mal à imaginer que ce qui raclait le dessous de la voiture n'était qu'un gros sac de patates ou une énorme dinde de Thanksgiving.

« Toi, va te faire foutre ! s'entendit-il dire sous la pluie. Va te faire foutre, Fitz, t'entends ? »

Il avança, roula de nouveau sur lui. Freina. Réenclencha la marche arrière. Recommença.

Après avoir répété la manœuvre à plusieurs reprises, il abandonna le corps pour se diriger vers sa propre voiture. Il n'aurait pas besoin d'effacer ses empreintes dans l'habitacle ; l'un des gros avantages de l'hiver, c'est que tout le monde portait des gants tout le temps. Quand bien même on les garderait au lit le soir, personne ne poserait de questions, sinon pour demander où s'en procurer aussi une paire.

Une fois descendu de la Honda, il tourna la tête vers ce qu'il restait de Fitz, plus loin sur le parking. C'est tout juste s'il le distinguait encore. À cette distance, il ressemblait à un tas de feuilles mortes détrempées, ou à un amas de neige érodé par la pluie. À vrai dire, songea Marv, de là où il se trouvait, ce qu'il pensait être le corps de Fitz n'était peut-être qu'une illusion d'optique, un jeu d'ombre et de lumière.

Je suis aussi dangereux que l'homme le plus dangereux de la terre, pensa-t-il. Je viens de tuer quelqu'un.

Ce n'était pas une pensée désagréable.

Il monta dans sa voiture et démarra. Pour la seconde fois de la semaine, il se dit qu'il devrait changer ses essuie-glaces.

Bob prit Rocco dans ses bras pour descendre au sous-sol. La pièce principale, peinte en blanc du sol au plafond, était vide et d'une propreté irréprochable. Contre le mur, en face de l'escalier, se dressait une chaudière noire. Bob la longea comme il le faisait toujours – en pressant le pas, la tête basse –, et porta Rocco jusque dans le coin où son père avait installé un lavabo, des années plus tôt. À côté se trouvaient des étagères sur lesquelles s'alignaient vieux outils, paires de bottes et pots de peinture. Bob plaça le chiot dans la cuvette et leva la tête vers le placard au-dessus.

Il l'ouvrit, puis survola du regard son contenu : bombes de peinture, bocaux de vis et de clous, quelques pots de diluant… Il sortit une boîte de café Chock full o'Nuts, qu'il posa près du lavabo. Sous le regard curieux de Rocco, il en tira d'abord un sachet en plastique rempli de petits écrous, ensuite un rouleau de billets de cent dollars. Il y en avait cinq autres dessous. Bob s'était toujours dit qu'un jour, après sa mort, quelqu'un tomberait sur cette boîte en vidant la maison et empocherait l'argent en se jurant de n'en parler à personne. Mais le secret finirait par s'ébruiter, comme souvent dans ces cas-là, et se transmettrait telle une légende urbaine – l'histoire du gars qui avait découvert cinquante mille dollars dans une boîte de café au fond de la cave d'un vieil homme solitaire. Cette idée avait toujours plu à Bob, sans qu'il puisse se l'expliquer. Il glissa le rouleau dans sa poche, remit le sachet d'écrous sur les autres et referma la boîte. Après l'avoir rangée, il verrouilla le placard.

Il compta rapidement l'argent, avec une dextérité propre aux barmen et aux employés des casinos. Le compte était bon : dix mille dollars. Il agita la liasse devant Rocco, tout en s'éventant.

« Tu les vaux, au moins ? »

Sans le quitter des yeux, le chiot pencha la tête de côté.

« Je sais pas…, reprit Bob. C'est une sacrée somme, tu sais ! »

Rocco appuya ses pattes de devant sur le rebord de la cuvette et, de ses minuscules dents pointues de chiot, lui mordilla le poignet.

Bob le souleva de sa main libre, puis approcha son visage de la petite gueule. « Nan, je rigole. Évidemment que tu les vaux. »

Ils retournèrent vers l'escalier. Cette fois, quand Bob atteignit la chaudière, il s'arrêta. Il demeura un moment planté devant, la tête basse, avant de lever les yeux. Pour la première fois depuis des années, il la regarda bien en face. Les conduites qui y étaient autrefois reliées – une qui traversait le mur pour acheminer le fioul de l'extérieur, et une autre pour chauffer la maison – avaient été ôtées depuis longtemps et les trous rebouchés.

À l'intérieur, il n'y avait pas de fioul – juste de la soude, du sel de roche et, à ce stade, des ossements. Seulement des ossements.

Au cours de ses heures les plus sombres, quand il avait failli perdre l'espoir et la foi, quand il avait étreint le désespoir et lutté contre lui la nuit entre ses draps, il avait senti se détacher des morceaux de son esprit, tels les boucliers thermiques de vaisseaux spatiaux arrachés après un choc contre un astéroïde. Il les avait imaginés dériver dans l'espace, tous ces petits bouts de lui, et s'éloigner à jamais.

Mais ils avaient fini par revenir. Et il était presque redevenu lui-même.

Arrivé en haut de l'escalier avec Rocco dans les bras, il jeta un dernier coup d'œil à la chaudière.

Bénissez-moi, mon père…

Il éteignit la lumière et entendit son souffle, ainsi que celui du chiot, résonner dans l'obscurité.

… parce que j'ai péché.

14

D'autres moi

Le dimanche du Super Bowl.

Soit, ce jour-là, plus de mises que pour tout le reste de l'année sur l'ensemble des événements sportifs tels que les NCAA Final Four, le Kentucky Derby, les finales de la NBA, la Stanley Cup et les World Series. Si les billets de banque n'avaient pas encore été inventés, il aurait fallu les créer juste pour gérer la quantité et les mouvements d'argent ce jour-là. Des petites vieilles incapables de faire la différence entre la croûte de porc et les pieds de cochon avaient le sentiment que les Seahawks étaient bien partis ; les clandestins guatémaltèques qui transportaient les gros seaux de nettoyage sur les chantiers de construction considéraient Manning comme un don du ciel, une sorte de miracle qui s'apparentait presque au Second Avènement de Notre-Seigneur et Sauveur. Tout le monde pariait, tout le monde était devant la télé.

Alors qu'il attendait la visite d'Eric Deeds, Bob s'autorisa une seconde tasse de café, car il se savait sur le point d'entamer sa plus longue journée de l'année. Rocco était couché par terre à ses pieds, en train de mâchouiller un nouveau jouet en corde. Bob avait posé les dix mille dollars au milieu de la table. Il vérifia la disposition des chaises. Finit par placer la sienne près du tiroir du plan de travail, où il avait rangé le calibre 32 de son père – au cas où. Juste au cas où. Il l'ouvrit, regarda à l'intérieur. Le fit aller et venir pour la vingtième fois, afin de s'assurer qu'il coulissait bien. Puis il s'assit et essaya de lire d'abord le *Globe*, ensuite le *Herald*. Pour finir, il appuya ses mains sur la table.

Deeds ne se présenta jamais.

Si Bob n'avait pas la moindre idée de ce que signifiait cette défection, elle lui tiraillait cependant douloureusement l'estomac, comme s'il avait avalé un crabe violoniste qui, affolé, tenterait de s'échapper en grattant les parois.

Il décida d'attendre encore un peu, et encore un peu, jusqu'au moment où il estima qu'il ne servait plus à rien d'attendre.

Il ne toucha pas à l'arme. Il enveloppa les billets dans un sac en plastique Shaw, qu'il glissa dans la poche de son manteau, et alla chercher la laisse.

Dans sa voiture se trouvait déjà la caisse du chiot, repliée, posée sur la banquette arrière à côté d'une couverture, de plusieurs jouets, d'une gamelle et de croquettes. Bob avait également étalé une serviette sur le siège passager. Il y installa Rocco, et ils partirent affronter la journée.

Arrivé devant la maison du cousin Marv, Bob vérifia que la voiture était verrouillée et l'alarme activée, avant de laisser Rocco somnoler seul à l'intérieur et d'aller frapper à la porte.

Dottie enfilait son manteau quand elle lui ouvrit. Bob tapa ses bottes par terre pour faire tomber le sel collé à ses semelles, puis entra dans le vestibule.

« Tu vas où ? demanda-t-il.

– Au boulot. C'est payé en heures sup' le week-end, Bobby.

– Je croyais que tu voulais prendre ta retraite anticipée.

– Pour faire quoi ? répliqua Dottie. Non, je vais encore bosser un an ou deux, en espérant que ma phlébite s'aggravera pas trop, et après je verrai où j'en serai. Tâche de convaincre mon p'tit frère de manger quelque chose avant de s'en aller, d'accord ? J'ai laissé une assiette dans le frigo.

– OK.

– Il aura qu'à la mettre une minute et demie au micro-ondes. Allez, bonne journée.

– À toi aussi, Dottie. »

Elle se retourna pour crier dans la maison, de toute la force de ses poumons : « Je pars au boulot !

– Bonne journée, Dot, répondit Marv.

– À toi aussi ! s'égosilla-t-elle. Oublie pas de manger, hein ? »

Après avoir échangé avec Bob une bise sur la joue, elle s'éclipsa.

Bob longea le couloir jusqu'au petit salon, où il trouva son cousin installé dans son fauteuil inclinable, devant la télé qui diffusait une émission de jeu d'avant-match. À l'écran, Dan Marino et Bill Cowher, en costards à quatre mille dollars, traçaient des X et des O sur un tableau.

« Dottie m'a dit d'insister pour que tu manges, annonça Bob.

– Bah, elle dit beaucoup de choses, Dottie. Au volume maximum, en plus.

– C'est peut-être la seule solution pour t'obliger à l'écouter…

– Qu'est-ce que t'entends par là au juste, Bob ? Vas-y, explique-moi, parce que je suis lent à la détente.

– C'est aujourd'hui la plus grosse journée de l'année, et tu réponds même pas au téléphone ?

– Pas question que j'y aille. Appelle BarTemps.

– "Appelle BarTemps", l'imita Bob. Merde, Marv, c'est déjà fait ! C'est le Super Bowl, tu te souviens ?

– Puisque tu les as appelés, t'as pas besoin de moi. »

Bob prit place dans l'autre Barcalounger. Tout gosse, il aimait bien cette pièce, mais la voir toujours dans le même état alors que le temps passait, à l'exception d'un nouveau téléviseur tous les cinq ans, lui fendait le cœur. Elle lui faisait l'effet d'un vieux calendrier dont personne ne se soucierait plus de tourner les pages.

« Non, c'est vrai, j'ai pas besoin de toi, déclara-t-il. Mais tu veux vraiment louper la plus grosse journée à pourboires de l'année ?

– Oh, v'là que je bosse pour les pourboires, maintenant… » Le cousin Marv, dans son ridicule maillot aux couleurs des Patriots – rouge, blanc et bleu –, sur un pantalon de survêtement assorti, ne quittait pas l'écran des yeux. « T'as déjà fait attention au nom de ce bar, Bob ? C'est le mien. Tu sais pourquoi ? Parce que j'en étais propriétaire, avant.

– Tu dorlotes cette perte comme si c'était ton seul poumon valide. »

Son cousin tourna vivement la tête et le foudroya du regard. « Dis donc, t'es devenu rudement insolent depuis que t'as récupéré ce clébard que tu prends pour un gosse !

– Tu peux pas réécrire l'histoire, affirma Bob. Ils nous ont mis la pression, tu t'es incliné, c'est fini. Fini. »

Marv chercha le levier sur le côté du fauteuil. « Ah oui ? Ben moi, en tout cas, j'ai pas passé toute ma vie à attendre qu'elle commence.

– C'est ce que j'ai fait, d'après toi ? »

Son cousin abaissa le levier et posa les pieds par terre. « Ouais. Alors viens pas m'emmerder avec tes petits rêves minables, OK ? On me craignait, autrefois. Tu vois, ce foutu tabouret où tu laisses s'asseoir la vieille chouette, c'était le mien, avant. Personne aurait osé y poser les fesses, parce que c'était celui du cousin Marv. Ça voulait dire quelque chose, à l'époque.

– Non, rétorqua Bob. C'était qu'un siège. »

Le regard de Marv se porta de nouveau vers le téléviseur, où c'était maintenant au tour de Boomer et de JB de blaguer.

Bob se pencha vers lui et reprit la parole à voix basse, mais en articulant distinctement : « T'es pas encore en train de faire une connerie, hein ? Écoute-moi, Marv. S'il te plaît, écoute-moi : tu vas pas recommencer à faire des trucs qu'on pourra peut-être pas nettoyer, ce coup-ci… »

Son cousin se laissa aller en arrière dans son fauteuil, jusqu'au moment où le repose-pieds lui souleva de nouveau les jambes. Sans regarder Bob, il alluma une cigarette. « Fous le camp. T'as compris, Bob ? Dégage. »

Au Cousin Marv, Bob plaça la caisse au fond de la salle, étala la couverture à l'intérieur et lança dessus les jouets à mâcher, mais il laissa Rocco explorer les lieux un moment. Au pire, le chiot chierait quelque part. Et alors ? Ils avaient tout ce qu'il fallait pour nettoyer, y compris un tuyau d'arrosage.

Derrière le comptoir, il sortit de son manteau le sac contenant les dix mille dollars et le posa sur l'étagère, juste à côté du 9 mm semi-automatique que le cousin Marv avait eu la sagesse de ne pas utiliser pendant le braquage. Il repoussa ensuite argent et arme dans l'ombre du rayonnage, derrière une pile de sous-bocks enveloppés de film plastique. Par prudence, il en ajouta une autre pile devant la première.

Il regarda ensuite Rocco cavaler dans la salle et en renifler tous les recoins ; lui, au moins, il s'éclatait. Mais, sans Marv – en ce jour où, entre tous, il aurait dû être là –, Bob avait l'impression d'évoluer dans un univers de sables mouvants, où il n'y avait aucune surface solide à laquelle se raccrocher, aucun endroit sûr où prendre appui.

Comment avait-il pu se retrouver dans une telle situation ?

« T'as laissé entrer le monde extérieur, Bobby, lui souffla une voix qui ressemblait terriblement à celle de sa mère. T'as laissé entrer ce monde dégoulinant de péché. Et la seule chose qu'il cache sous son manteau, ce sont les ténèbres.

– Mais, maman…

– Oui, Bobby ?

– Le moment était venu. J'en peux plus de vivre dans l'attente de l'autre monde. Je veux vivre dans celui-là, maintenant.

– C'est ce que disent les déchus. C'est ce qu'ils ont toujours dit depuis le début des temps. »

Les gardiens de la prison de Concord introduisirent au parloir un Tim Brennan émacié et le firent assoir en face de Torres.

« Merci d'avoir accepté de me rencontrer, monsieur Brennan.

– Le match va bientôt commencer, souligna l'intéressé. Je voudrais pas perdre ma place dans la salle de télé.

– Ne vous inquiétez pas. Je n'en ai que pour quelques instants. Que pouvez-vous me dire sur Richie Whelan ? Vous savez quelque chose ? »

Brennan fut saisi d'une quinte de toux aussi soudaine que violente. À l'entendre, on aurait pu croire qu'il se noyait dans un mélange de glaires et de lames de rasoir. Quand il parvint enfin à se calmer, il passa encore une bonne minute, une main plaquée sur la poitrine, à prendre de grandes inspirations sifflantes. Et lorsqu'il posa de nouveau les yeux sur Torres, en face de lui, il avait le regard d'un homme qui a déjà entrevu l'autre côté.

« J'ai dit à mes gosses que j'avais un virus à l'estomac. Ma femme et moi, on voit pas comment leur avouer que j'ai chopé le sida entre ces murs. Alors on leur raconte des histoires jusqu'à ce qu'ils soient prêts à entendre la vérité. Et vous ? Qu'est-ce que vous voulez ?

– Pardon ?

– Vous voulez entendre l'histoire de la nuit où Richie Whelan est mort ? Ou vous voulez entendre la vérité ? »

Torres sentit sa nuque le picoter, comme chaque fois qu'une affaire était sur le point de lui livrer ses secrets, pourtant il parvint à conserver une façade impassible, son regard n'exprimant que la bienveillance et la patience. « Ce que vous êtes prêt à me donner aujourd'hui, Tim. »

Eric Deeds s'introduisit chez Nadia Dunn à l'aide d'une carte de crédit et du genre de minuscule tournevis dont se servent les opticiens pour resserrer les branches des lunettes. Il lui fallut quatorze tentatives, mais il n'y avait personne dans la rue pour le voir s'escrimer sur la porte. Tous les habitants du quartier avaient fait leurs courses – accumulé des stocks de bière et de chips, de salsa, de sauces à l'artichaut ou à l'oignon, d'ailes de poulet et de travers de porc, de popcorn –, et s'étaient calfeutrés chez eux en attendant le coup d'envoi, qui serait donné seulement trois heures plus tard, mais quelle importance en ce jour où tout le monde avait commencé à picoler dès midi ?

Une fois à l'intérieur, il s'immobilisa pour écouter les bruits de la maison, tout en rangeant dans sa poche le tournevis et la carte de crédit – ou du moins, ce qu'il en restait. De toute façon, ce n'était pas une grosse perte, vu que la banque l'avait désactivée des mois plus tôt.

Il s'avança dans le couloir et ouvrit les portes du salon, de la salle à manger, de la salle de bains et de la cuisine.

Puis il monta dans la chambre de Nadia.

Là, il marcha droit vers la penderie. Passa en revue les vêtements, et alla même jusqu'à en humer quelques-uns. Ils étaient tous imprégnés de l'odeur de Nadia, un mélange de senteurs discrètes d'orange, de cerise et de chocolat.

Il s'assit sur le lit.

Alla se camper devant le miroir, où il se repeigna avec ses doigts.

Revint vers le lit, tira les couvertures, ôta ses chaussures, se recroquevilla en position fœtale et ramena les couvertures sur lui. Les yeux fermés, il sourit. Peu à peu, il sentit son sourire s'élargir, diffusant une douce chaleur dans tout son corps. Il se sentait aussi bien, et autant en sécurité, que s'il était revenu dans le ventre maternel.

Après le départ de son cousin, Marv s'installa à la table de la cuisine pour bricoler. Il y étala plusieurs sacs-poubelle verts, qu'il assembla à l'aide de ruban adhésif. Il alla ensuite se chercher une bière dans le frigo et en vida la moitié en contemplant son ouvrage. Comme s'il y avait encore un retour en arrière possible.

Sauf qu'il n'y en avait pas. Il n'y en avait jamais eu.

Cette certitude était déprimante, d'une certaine façon, parce qu'il se rendait bien compte, ainsi posté au milieu de sa cuisine minable, qu'il regretterait son existence. Sa sœur allait lui manquer terriblement, ainsi que cette maison, et même le bar et son cousin Bob.

Mais il n'y avait pas moyen de reculer. Après tout, la vie n'était que regrets. Et certains – ceux auxquels on se laisse aller sur une plage en Thaïlande, par exemple, de préférence à ceux qu'on rumine dans un cimetière de la Nouvelle-Angleterre – étaient plus faciles à ravaler que d'autres.

À la Thaïlande ! Il porta un toast à la cuisine déserte, et vida sa canette.

Eric, assis sur le canapé dans le salon de Nadia, buvait un Coca qu'il avait trouvé dans le frigo – *leur* frigo, bientôt –, en examinant le papier peint fané qui était sans doute déjà là avant la naissance de Nadia. Ce serait la première chose qu'il faudrait virer, ce vieux papier peint des années 1970. On n'était plus dans les années 1970. Ni même au vingtième siècle. On avait changé d'époque.

Son Coca terminé, il l'emporta à la cuisine, où il se prépara un sandwich avec de la viande froide prise elle aussi dans le frigo.

Un bruit l'amena soudain à lever les yeux, et il la découvrit sur le seuil. Nadia, enfin. Qui l'observait. Elle paraissait intriguée, bien sûr, mais pas effrayée. Il y avait de la bienveillance dans son regard. Une affabilité chaleureuse.

« Eh, salut ! lança-t-il. Comment tu vas ? Ça faisait longtemps, hein ? Entre, entre. Viens t'asseoir. »

Elle ne bougea pas.

« Si, si, viens, insista-t-il. Assieds-toi, s'il te plaît. J'ai des trucs à te dire. J'ai des projets, tu sais. Des tas de projets. Tu vas voir, c'est toute une nouvelle vie qui commence pour les… les… les audacieux. »

Il s'interrompit, contrarié de sentir la cadence de son débit lui échapper. Il baissa la tête, puis regarda de nouveau en direction du seuil. Vide. Il se concentra sur l'ouverture jusqu'à faire reparaître Nadia, et cette fois elle ne portait plus une chemise à carreaux sur un jean, mais une robe noire à pois, et sa peau… sa peau rayonnait.

« Eh, salut ! répéta-t-il gaiement. Comment tu vas, ma belle ? Viens un peu ici. Assieds-… »

Il se tut brusquement quand une clé tourna dans la serrure de la porte d'entrée. Le battant s'ouvrit, se referma. Il entendit différents bruits – sans doute un sac accroché à une patère, des clés posées sur une console, des chaussures dont on se débarrassait d'un coup de pied.

Il changea de position sur le canapé pour avoir l'air plus à l'aise, plus naturel. Se frotta les mains pour les débarrasser des miettes de pain, puis les passa dans ses cheveux pour s'assurer qu'il n'était pas décoiffé.

Nadia entra. La vraie Nadia. En sweat-shirt à capuche et T-shirt sur un baggy en toile. Il aurait préféré une tenue plus féminine, un peu moins connotée gouine, mais il lui en parlerait plus tard.

Elle ouvrit la bouche en le voyant.

« Crie pas », ordonna-t-il.

Les choses commencèrent à s'accélérer environ quatre heures avant le match. Heureusement, ce fut aussi à ce moment-là que les employés de BarTemps se présentèrent. Ils se préparaient déjà, enfilant un tablier et empilant des verres, quand Bob rencontra le responsable, un rouquin au visage lunaire – un de ces visages sur lesquels le temps n'a pas de prise. « Ils sont engagés jusqu'à minuit, dit-il à Bob. Si vous avez encore besoin d'eux après, ce sera comptabilisé en heures sup'. J'ai aussi prévu deux extras. C'est eux qui se chargeront de la manutention, de l'enlèvement des ordures, du réapprovisionnement en glace... Si vous demandez à un des barmen de le faire, il vous sortira les lois syndicales comme si c'était le livre d'Ézéchiel. »

Il lui tendit sa planchette, et Bob signa le contrat.

En rentrant dans le bar, il aperçut le premier coursier qui passait la porte. L'homme s'approcha du comptoir et y posa un journal plié qui cachait mal l'enveloppe kraft à l'intérieur. Bob s'en saisit prestement, puis la glissa dans la fente sous le bar. Quand il se retourna, le coursier avait disparu. Ce soir-là, pour tout le monde, ce serait boulot boulot.

Le cousin Marv sortit de chez lui et se dirigea vers sa voiture. Il ouvrit le coffre, tapissa l'intérieur avec les sacs-poubelle scotchés, et en fixa les bords aux parois avec le restant d'adhésif.

Il retourna à l'intérieur récupérer la couverture piquée qu'il avait laissée dans le vestibule. Après l'avoir disposée sur les plastiques, il jeta un dernier coup d'œil à l'ensemble, et referma le coffre. Il glissa ensuite sa valise sur le plancher derrière le siège passager, puis referma la portière.

Il n'avait plus qu'à imprimer les billets d'avion.

Cette fois, Lisa Romsey était seule dans la voiture banalisée quand Torres se gara près d'elle à Pen' Park. Du coup, il en vint à se demander s'ils ne pourraient pas en profiter pour s'envoyer en l'air sur la banquette arrière, en faisant semblant d'être au drive-in qui se trouvait autrefois dans le parc, comme s'ils n'étaient que des gosses insouciants ayant tout l'avenir devant eux – un long chemin vierge, que n'abîmaient pas encore les nids-de-poule résultant des mauvaises décisions et les ornières creusées par les échecs habituels, petits et grands.

Tous deux avaient de nouveau fauté la semaine précédente. L'alcool avait, bien sûr, joué un rôle décisif. Après, elle avait murmuré : « Je ne vaux pas mieux que ça ?

– Pour moi ? Non, *chica*, tu…

– Pour moi. Je ne vaux pas mieux que ça à mes yeux ? »

S'il ne voyait pas trop ce qu'elle voulait dire, il se doutait néanmoins que ce n'était pas de bon augure, aussi avait-il préféré faire profil bas. Elle ne lui avait pas donné de nouvelles non plus jusqu'à ce matin-là, quand elle l'avait appelé pour lui dire de ramener ses fesses à Pen' Park.

Il avait préparé un petit discours sur le trajet, au cas où il surprendrait dans ses yeux cette expression qui lui était venue après, mélange d'impuissance et de dégoût de soi, comme si elle contemplait sa vie.

« Tu sais, bébé, je suis vraiment moi-même qu'avec toi, dirait-il. Et pareil pour toi. C'est pour ça qu'on peut pas se quitter. Quand on est ensemble, toi et moi, on juge pas. On condamne pas. On accepte, c'est tout. »

Il lui semblait que ça sonnait mieux quand il y avait réfléchi l'autre soir au bar, assis tout seul devant un bout de papier sur lequel il gribouillait. Mais il savait que s'il prononçait ces mots en la regardant bien en face, en puisant dans ses yeux la force de conviction nécessaire, il y croirait sur le moment. Et il réussirait à la convaincre.

Lorsqu'il ouvrit la portière pour se glisser sur le siège passager, il remarqua qu'elle avait particulièrement soigné sa tenue : robe en soie vert foncé, escarpins noirs, manteau noir qui avait tout l'air d'être en cachemire.

« T'es sacrément mimi, dit-il. Merde. »

Elle leva les yeux au ciel, puis plongea la main entre leurs deux sièges et ramena une chemise cartonnée qu'elle lui flanqua sur les genoux. « Le dossier psychiatrique d'Eric Deeds. T'as trois minutes pour le lire, et t'as intérêt à pas laisser de traces de doigts. »

Torres lui montra ses mains en signe de bonne volonté. Elle sortit un boîtier de son sac, leva les yeux vers le rétroviseur et appliqua du blush sur ses joues.

« Tu ferais mieux de t'y mettre », le pressa-t-elle.

Il ouvrit la chemise, remarqua le nom inscrit en haut de la première page – « DEEDS, ERIC » – et la parcourut rapidement.

À côté de lui, Romsey débouchait un tube de rouge à lèvres.

Sans quitter le dossier des yeux, il déclara : « Fais pas ça. T'as déjà les lèvres plus rouges qu'un coucher de soleil à la Jamaïque, *chica*, et plus pulpeuses qu'une mangue bien mûre. Va pas gâcher ce qui est parfait. »

Elle tourna la tête vers lui, et il lui sembla qu'elle était touchée. Puis elle se farda la bouche. Il soupira.

« C'est comme si tu passais de la peinture murale sur une Ferrari. T'as rendez-vous avec qui ?

– Un mec. »

Il tourna une page. « Mais encore ?

– Un mec spécial », répondit-elle, et quelque chose dans son intonation amena Torres à lever les yeux. Alors seulement, il remarqua qu'en plus d'être sexy en diable, elle rayonnait, comme si elle était éclairée de l'intérieur. C'était tellement intense qu'il se demanda comment il avait pu ne pas s'en apercevoir tout de suite.

« Et tu dois le retrouver où, ce mec spécial ? »

Elle indiqua le dossier. « Continue à lire. L'horloge tourne. »

Il s'exécuta.

« Non, sérieux, reprit-il. Ce type, il… »

Sa voix se perdit dans un murmure. Il remonta en haut de la feuille, jusqu'à la liste des différents séjours de Deeds en prison et en hôpital psychiatrique. Pensant qu'il s'était peut-être trompé sur les dates, il tourna une page, puis une autre.

« Bon sang, j'y crois pas…, marmonna-t-il.

– Dieu sait que t'as la foi, pourtant. » Elle montra le dossier. « Ça t'aide ?

– Difficile à dire. Mais une chose est sûre, ça répond à une question cruciale.

– C'est positif, alors… »

Il haussa les épaules. « Le problème, c'est que ça en fait surgir un tas d'autres. » Brusquement dégrisé, il referma la chemise. « J'ai besoin d'un verre. Je t'en offre un ? »

Elle lui jeta un regard incrédule, avant de désigner sa tenue. « J'ai d'autres projets, Evandro.

– Remets-les. »

L'inspecteur Lisa Romsey secoua lentement la tête. « Ce mec spécial, je le connais depuis toujours ou presque. C'est un ami, tu comprends ? Un vieil ami. Il est parti pendant des années, mais on est restés en contact. Son mariage aussi a mal tourné, alors il est revenu. Un jour, y a de ça deux semaines, j'ai pris un café avec lui et je me suis rendu compte que, quand il me regarde, il me voit.

– Je te vois, moi aussi.

– Non, tu ne vois que la partie de moi qui te ressemble. Et c'est pas celle dont je suis le plus fière, Evandro, désolée de te le dire. Mais cet ami, mon ami… lui voit ce qu'il y a de meilleur en moi. » Elle avança les lèvres, puis les fit claquer. « Voilà, c'est aussi bête que ça… » Elle haussa les épaules. « L'amour. »

Il la contempla quelques instants, conscient de vivre un moment auquel il ne s'était pas préparé, qui était arrivé sans prévenir : la fin de leur histoire. Quoi qu'il y ait eu entre eux, c'était terminé. Il lui rendit la chemise.

Il descendit de la voiture et elle démarra avant même qu'il ait atteint la sienne.

15

On ferme

Le défilé des livreurs se poursuivait. Incessant. À force de glisser des enveloppes dans la fente sous le comptoir, Bob se dit qu'il en entendrait le bruit en rêve pendant longtemps.

Dès le début du match, les clients se pressèrent au bar sur trois rangées. Juste après la mi-temps, Bob jeta un coup d'œil vers la salle par une soudaine trouée dans la foule, et vit Eric Deeds assis à la table branlante sous le miroir Narragansett. Il avait tendu un bras devant lui – pour tenir celui de quelqu'un d'autre, constata Bob, qui, gêné par un groupe de soiffards, dut se déplacer afin d'avoir un meilleur angle de vue. Il le regretta aussitôt. Jamais il n'aurait dû venir travailler ce soir-là, songea-t-il. Jamais il n'aurait dû quitter son lit depuis Noël. Il aurait voulu remonter le cours du temps, se transporter de nouveau la veille du jour où il avait trouvé Rocco devant chez elle.

Nadia.

C'était le bras de Nadia que tenait Deeds. Nadia, qui le dévisageait d'un air impénétrable.

Quand il remplit de glaçons un verre, Bob eut l'impression de les verser directement dans sa gorge, de les sentir descendre et propager un froid saisissant jusqu'à son ventre et le bas de son dos. Que savait-il de Nadia, au fond ? Juste qu'il avait découvert un chien presque mort dans la poubelle devant chez elle, et qu'elle avait eu une espèce de liaison avec Eric Deeds, dont lui-même n'avait fait la connaissance qu'après l'avoir rencontrée, elle. Après tout, elle pouvait très bien avoir pour second prénom Mensonge-par-omission. Peut-être qu'elle ne s'était pas infligé elle-même cette blessure à la gorge, que c'était un cadeau du dernier crétin qu'elle avait dupé.

Bob avait vingt-huit ans quand, un dimanche matin, il était entré dans la chambre de sa mère afin de la réveiller pour aller à la messe. Mais il avait eu beau lui secouer l'épaule, elle n'avait pas repoussé son bras comme elle en avait l'habitude. Alors il l'avait fait rouler vers lui, pour découvrir son visage crispé, ses yeux clos et sa peau d'un gris couleur trottoir. Elle avait dû s'endormir la veille après *L'As de la Crime* et les informations de onze heures, et se réveiller dans la nuit en sentant la main de Dieu lui étreindre le cœur. Il ne lui restait sans doute même plus assez d'air dans les poumons pour appeler à l'aide. Seule dans le noir, elle avait agrippé les draps, les traits tordus par la douleur, tandis que la main refermée sur son cœur le serrait à le broyer, et que s'imposait peu à peu une terrible révélation : même pour soi, tout a une fin. Et pour elle, la fin était venue.

Debout devant elle ce matin-là, alors qu'il essayait d'imaginer le dernier battement du cœur maternel, l'ultime vœu que son cerveau avait été capable de formuler, Bob avait éprouvé un sentiment d'abandon absolu – une détresse sans pareille, dont il avait espéré ne plus jamais faire l'expérience.

Jusqu'à ce dimanche soir. Jusqu'à ces instants où il cherchait à donner un sens à l'expression de Nadia.

La seconde mi-temps était bien entamée quand Bob longea le comptoir pour s'approcher d'un groupe de clients. Parmi eux, il y en avait un qu'il voyait de dos, mais dont la silhouette lui paraissait étrangement familière, et il l'avait presque remis lorsque l'autre se retourna. C'était Rardy en personne, qui lui adressa un grand sourire.

« Eh, comment va, Bobby ?

– Je… on… on… on s'inquiétait pour toi. »

Ses bredouillements lui valurent un froncement de sourcils moqueur. « Oh, c'est… c'est…

c'est vrai ? railla Rardy. Bon, tu nous mettras sept bières et sept Cuervo.

– On a cru que t'étais mort.

– Pourquoi je serais mort ? C'est juste que j'avais plus envie de bosser dans ce bouge où j'ai bien failli laisser ma peau. Dis à Marv que mon avocat prendra contact avec lui. »

Au même instant, Bob aperçut Eric Deeds qui se frayait un passage à travers la foule jusqu'à l'autre extrémité du comptoir, et cette vision déclencha en lui une pulsion mauvaise, implacable. « C'est plutôt Chovka que je devrais mettre au courant de tes récriminations, pour qu'il puisse les faire remonter, répliqua-t-il. Qu'est-ce que t'en penses ? C'est pas une bonne idée, ça ? »

En guise de réponse, Rardy se fendit d'un petit rire amer, qu'il tenta sans succès de rendre méprisant. Puis il secoua la tête à plusieurs reprises, comme si Bob était incapable de comprendre la situation – comme s'il était incapable de comprendre quoi que ce soit.

« Allez, apporte-nous donc les bières et la téquila. »

Bob se pencha par-dessus le bar, jusqu'à se rapprocher suffisamment de lui pour déceler l'odeur de l'alcool dans son haleine. « Tu veux boire ? Alors adresse-toi à un autre barman, un qui sait pas à quel trou du cul il a affaire. »

Rardy cilla, mais Bob s'éloignait déjà.

Il passa derrière deux employés de BarTemps,

et alla se placer à l'autre bout du comptoir, d'où il regarda Deeds s'avancer vers lui.

Arrivé au bar, ce dernier commanda: « Une Stoli avec glace, vieux. Et un verre de chardonnay maison pour la dame. »

Bob sortit les verres. « T'es pas venu, ce matin.

– Ah non ? Ben…

– Tu veux pas le fric, alors ?

– Pourquoi, tu l'as apporté ? Ouais, j'en suis sûr. C'est bien ton genre.

– C'est-à-dire ?

– T'es bien du genre à avoir apporté le fric. »

Bob servit la Stoli, puis le chardonnay. « Qu'est-ce qu'elle fait là ?

– Nadia ? C'est ma copine. Pour toujours et à jamais, blablabla… »

Après avoir poussé le verre de vin devant lui, Bob se pencha en avant. Deeds l'imita.

« Tu me donnes ce bout de papier et tu pars avec le pognon.

– Quel bout de papier ? demanda Deeds.

– Celui avec le numéro de la puce électronique. T'écris que c'est moi le propriétaire du chien maintenant, et tu signes.

– Pourquoi je ferais ça ?

– Parce que je te paie. C'est pas ce qui était convenu ?

– C'était un des marchés possibles. »

Quand son téléphone portable sonna, Deeds regarda l'écran en levant un doigt pour intimer le silence à Bob. Puis il saisit les verres et disparut dans la foule.

Marv allait désormais devoir ajouter Peyton Manning à la longue liste de ceux qui l'avaient fait chier dans sa vie. Cet enfoiré s'était pointé sur le terrain fort de son bras à un milliard de dollars et de son contrat à un milliard de dollars, et il jouait comme une merde devant la défense des Seahawks. Ce soir-là, la branlée était double : celle que Seattle infligeait à Denver, et celle que les joueurs de Denver infligeaient à tous les parieurs du pays qui avaient placé leur confiance en eux. Marv, qui était du nombre – après tout, pourquoi s'abstenir de replonger dans les mauvaises habitudes quand on était assez dingue pour envisager de délester la mafia tchétchène de plusieurs millions ? –, risquait de perdre dans les cinquante mille dollars sur ce match. Peu importait, cela dit, vu qu'il ne comptait pas s'attarder en ville assez longtemps pour rembourser sa dette. Et si Leo Coogan et ses petits copains d'Upham Corner l'avaient mauvaise, eh bien, qu'ils prennent un numéro et fassent la queue !

Du téléphone dans la cuisine, il appela Deeds pour lui demander à quel moment il avait prévu d'arriver au bar, et il reçut un drôle de choc en apprenant qu'il était déjà là depuis une heure.

« Qu'est-ce qui t'a pris ? demanda-t-il.

– T’aurais voulu que j’aille où ? rétorqua Deeds.

– Que tu restes chez toi, imbécile. Histoire que des dizaines de types aient pas l’occasion de te voir avant que tu… eh bien, que tu braques ce putain de bar.

– Personne fait jamais attention à moi, de toute façon, le rassura Deeds. Alors t’as pas à t’inquiéter.

– Je comprends pas.

– Qu’est-ce que tu comprends pas ?

– C’était pourtant simple, non ? Tu devais te pointer à l’heure dite, faire le boulot, et dégager. Merde, alors ! Y a plus personne qu’est capable de suivre un plan, aujourd’hui ? Vous, les jeunes, vous êtes tous labellisés hyperactifs, ou quoi ? »

Marv alla se chercher une autre bière dans le frigo.

« T’inquiète pas, répéta Deeds. Je suis entré dans sa tête.

– La tête de qui ?

– De Bob.

– Si t’étais vraiment entré dans sa tête, tu serais en train de gueuler comme un putois. C’est pas le cas. » Marv ouvrit la canette, puis se força à adopter un ton plus mesuré. Mieux valait un associé détendu que contrarié par un coup de gueule. « Bon, écoute, je sais très bien l’impression qu’il donne, mais je te conseille de pas le chercher. Laisse-le tranquille et débrouille-toi pour pas attirer l'attention.

– Ah oui ? Et qu'est-ce que je suis censé faire, alors, pendant les deux heures à venir ?

– T'es dans un bar. Bois pas trop quand même, reste cool, et je te retrouverai à deux heures dans l'allée. Ça te va, comme plan ? »

Le rire de Deeds s'éleva dans le combiné, à la fois forcé et efféminé, comme s'il riait d'une blague que personne d'autre ne pouvait entendre, et que personne n'aurait comprise de toute façon.

« C'est un plan, disons », répliqua-t-il, avant de raccrocher.

Marv contempla le téléphone. Ah, les jeunes d'aujourd'hui… À croire que le jour où ils devaient apprendre le sens des responsabilités à l'école, la génération tout entière s'était fait porter pâle.

Après le match, la foule se réduisit considérablement, mais ceux qui restèrent étaient les plus bruyants, les plus saouls et les plus susceptibles de saloper les toilettes.

Au bout d'un moment, même eux commencèrent à se disperser. Rardy tomba dans les pommes près de la table de billard, et ses copains – dont l'un ne cessait de couler à Bob des regards d'excuse – durent le traîner dehors.

De temps à autre, Bob jetait un coup d'œil en

direction de Deeds et Nadia, toujours assis à la même table, où ils semblaient bavarder. Chaque fois, il se sentait rapetisser un peu plus. À ce rythme, il allait finir par disparaître.

Après quatre Stoli, Deeds se dirigea vers les toilettes, et Nadia s'approcha du comptoir.

Bob se pencha vers elle. « Tu t'es remise avec lui ?

– Quoi ?

– Vous êtes de nouveau ensemble ? Dis-moi, c'est tout.

– Non, je me suis pas remise avec lui, Bob. Je t'assure. Non, non et non. Mais quand je suis arrivée chez moi, cet après-midi, il m'attendait dans ma cuisine avec un flingue glissé derrière sa ceinture comme s'il se croyait dans *Silverado*. Il a dit qu'on devait aller te voir tous les deux. »

Bob ne demandait qu'à la croire. Il le voulait tellement que cela créait une tension terrible en lui, qu'il sentait dans ses dents serrées au point de se briser. Quand il sonda enfin le regard de Nadia, il y perçut une émotion qu'il eut du mal à définir ; elle ne s'apparentait ni à de l'excitation, ni à de l'arrogance, ni à la joie amère du vainqueur. Peut-être reflétait-elle quelque chose de bien plus sombre : du désespoir.

« J'y arriverai pas tout seul, dit-il.

– À faire quoi ?

– Bon sang, c'est tellement dur ! J'accepte de purger cette… peine depuis dix ans, jour après jour, parce que je pensais que ça compterait quand je serais dans l'autre monde, et que je pourrais revoir ma mère, mon père et tout. Mais je crois pas qu'on me pardonnera ; je crois pas non plus que je le mérite, de toute façon. Sauf que, du coup, je vais me retrouver tout seul dans l'autre monde, alors que je le suis déjà dans celui-là…

– Personne n'est censé être seul, Bob. » Elle lui effleura la main. Juste une seconde, qui suffit cependant à le réconforter. « Personne. »

Deeds émergea des toilettes et les rejoignit au bar. « Sois gentille et va chercher nos verres sur la table, OK ? » dit-il à Nadia.

Bob partit encaisser une addition.

À une heure quarante-cinq, il n'y avait plus que Deeds, Nadia et Millie, qui ne regagnerait sa maison médicalisée dans Edison Green qu'à une heure cinquante-cinq tapantes. Elle réclama son cendrier, que Bob fit glisser vers elle, et savoura tour à tour son cocktail et sa cigarette, dont la cendre s'incurvait à l'extrémité telle une serre.

Deeds gratifia Bob d'un grand sourire en demandant à voix basse : « À quelle heure elle se barre, la vieille ?

– Dans deux ou trois minutes, répondit Bob. Pourquoi t'es venu avec elle ? »

Deeds jeta un coup d'œil à Nadia tassée sur le tabouret à côté de lui, puis se pencha par-dessus le comptoir. « Faut que tu saches que je déconne pas, Bob.

– Je le sais déjà.

– Non, tu crois le savoir, mais tu te goures. Si t'essaies de m'entuber, ne serait-ce qu'un peu, je lui ferai payer à elle. Et si t'as des idées à la con, du style Eric-en-sortira-pas-vivant, tu peux être sûr que mon associé dans le contrat Whelan vous réglera votre compte à tous les deux. »

Il se redressa sur son siège au moment où Millie posait sur le comptoir le même pourboire qu'elle laissait depuis le Spoutnik – un *quarter* –, puis descendait de son tabouret. Quand elle s'adressa à Bob, ce fut d'une voix éraillée, produisant une sorte de croassement, mélange à dix pour cent de cordes vocales et à quatre-vingt-dix de Virginia Slim Ultra Light 100s. « Allez, j'me sauve.

– Prends soin de toi, Millie. »

Elle agita la main d'un geste insouciant en marmottant « Mais oui, mais oui », puis poussa la porte.

Bob alla la verrouiller après son départ et revint derrière le comptoir. Il en essuya la surface. Quand il atteignit les coudes de Deeds, il dit : « S'cuse-moi.

– Passe autour. »

Docilement, Bob s'exécuta.

« C'est qui, ton associé ? demanda-t-il.

– Ce serait plus rassurant pour toi si tu le savais, hein, Bob ?

– Mais il t'a aidé à tuer Richie Whelan ?

– C'est la rumeur qui circule, Bob.

– C'est plus qu'une rumeur. » Quand Bob essuya devant Nadia, il distingua les marques rouges sur ses poignets laissées par les doigts d'Eric Deeds. Il se demanda s'il y en avait d'autres sur elle qu'il ne pouvait pas voir.

« Alors c'est plus qu'une rumeur, Bob. Voilà.

– Voilà quoi ?

– Voilà, c'est tout. » Deeds fronça les sourcils. « Il est quelle heure, Bob ? »

Celui-ci plongea la main sous le comptoir, et ramena le sac contenant les dix mille dollars. Il l'ouvrit, en sortit l'argent et le plaça devant Deeds.

« C'est quoi ?

– Les dix mille que tu m'as demandés.

– Pourquoi, déjà ?

– Pour le chien.

– Le chien. Ah oui, c'est vrai. » Deeds leva les yeux. « Mais combien t'es prêt à me filer pour Nadia ?

– Oh, ça va se jouer comme ça, alors ?

– Semblerait bien, confirma Deeds. On va tous attendre encore deux ou trois minutes, et, à deux heures, on ira jeter un œil à ce coffre. »

Bob se retourna et choisit une bouteille de vodka polonaise – la meilleure, l'Orkisz. Il se servit un verre, le vida, songea à Marv et se resservit, une double dose cette fois.

« Tu savais que Marv avait eu un problème avec la coke, y a une dizaine d'années ? demanda-t-il.

– Non, Bob, j'en savais rien.

– T'es pas obligé de répéter tout le temps mon nom.

– Je vais voir ce que je peux faire pour arranger ça, Bob.

– Bref, Marv aimait un peu trop la coke, et c'est devenu un sérieux problème.

– Il est bientôt deux heures, Bob.

– Il avait surtout des activités d'usurier, en ce temps-là. Je veux dire, il donnait aussi dans le recel, bien sûr, mais avant tout il était spécialisé dans les prêts à usure. Et y avait ce gamin qui lui devait un sacré paquet de fric, un malade du jeu, incapable de résister aux paris sur les chiens et le basket. Ce gosse, il aurait jamais pu rembourser ses dettes, c'était évident.

– Une heure cinquante-sept, Bob.

– ... sauf qu'il a fini par décrocher le pactole sur une machine à Mohegan. Dix-sept mille dollars – soit un peu plus que ce qu'il devait à Marv.

– Et il l'a pas remboursé, alors avec Marv vous avez décidé de lui donner une bonne raclée, et moi je suis censé tirer la leçon de...

– Non, non, l'interrompit Bob. Il a remboursé Marv, jusqu'au dernier sou. Mais ce que le gamin pouvait pas savoir, c'est que Marv pratiquait l'écrémage à l'époque, pour se payer sa coke. Alors, ce fric, c'était une vraie manne tombée du ciel, du moment que personne apprenait d'où il venait. Tu me suis ?

– Putain, Bob, il est une heure cinquante-neuf. » Sueur sur la lèvre de Deeds.

« Tu comprends ce que je dis ? insista Bob. Tu vois où je veux en venir ? »

Deeds tourna la tête en direction de la porte pour s'assurer qu'elle était bien fermée. « Mmm ? Ouais, j'ai compris. Ce gamin, il a fallu le plumer.

– Non, le liquider. »

Rapide coup d'œil de biais. « Le liquider, OK.

– C'était la seule solution pour l'empêcher de dire qu'il avait remboursé Marv et pour s'assurer que personne serait au courant. Marv s'est servi du pognon pour combler les trous, il a décroché, et c'était comme s'il s'était jamais rien passé. Voilà ce qu'on a fait.

– Vous l'avez… » Deeds avait du mal à se concentrer sur la conversation, et pourtant une alarme s'était déclenchée dans sa tête. Il se détourna de l'horloge pour poser les yeux sur Bob.

« … achevé dans ma cave, oui. Tu sais comment il s'appelait ?

– Comment veux-tu que je le sache, Bob ?

– Oh, je suis sûr que son nom te dira quelque chose.

– Jésus ? » Deeds sourit.

Pas Bob. « Richie Whelan. »

Bob plongea la main sous le bar pour attraper le 9 mm. Il pressa la détente sans remarquer que le cran de sûreté était mis, aussi ne se passa-t-il rien. Deeds rejeta la tête en arrière et s'écarta promptement, mais trop tard : Bob, qui avait ôté le cran de sûreté, lui logea une balle à la naissance de la gorge. Le coup de feu retentit avec force, évoquant le bruit d'un bardeau en aluminium arraché à une toiture. Sous le choc, Nadia poussa un grand cri, aussi bref que stupéfait. Deeds dégringola bruyamment du tabouret, et, quand Bob eut fait le tour du comptoir pour le rejoindre, il avait déjà un pied dans l'autre monde. Le ventilateur au plafond projetait de minces bandes d'ombre sur son visage. Ses joues se gonflaient et se creusaient, donnant l'impression qu'il essayait de reprendre son souffle et d'embrasser quelqu'un en même temps.

« Désolé, mais franchement, vous les jeunes… Vous avez vraiment aucune éducation. Vous vous baladez accoutrés comme si vous traîniez dans votre salon. Vous dites des choses horribles sur les femmes, vous faites du mal à des pauvres chiens inoffensifs… Sérieux, vous me fatiguez. »

Deeds leva les yeux vers lui, les lèvres déformées par un rictus, comme s'il souffrait de brûlures d'estomac. Il avait l'air à la fois furieux et frustré. Soudain, ses traits se crispèrent, figeant son expression, et la seconde d'après il n'était plus dans son corps. Il était parti. Juste parti. Juste, merde, mort.

Bob le transporta dans la réserve.

Lorsqu'il revint, poussant la serpillière et le seau devant lui, Nadia était toujours assise sur son tabouret. Sa bouche semblait un peu plus large que d'ordinaire, et elle ne pouvait détacher son regard du sang sur le sol, mais sinon elle paraissait tout à fait égale à elle-même.

« J'en aurais jamais eu fini avec lui, expliqua-t-il. Si tu laisses une fois les autres te prendre quelque chose… ils t'en sont pas reconnaissants, oh non, ils estiment au contraire que tu leur dois encore plus. » Il plongea la serpillière dans le seau, l'essora, puis l'appliqua sur la plus grosse flaque rouge. « C'est dingue, non ? Pourtant, c'est ce qu'ils pensent. Ils se croient dans leur bon droit. Et ils veulent plus en démordre.

– Il… Tu… Tu l'as buté. Tu viens de… je veux dire, pourquoi tu… »

Bob fit aller et venir la serpillière sur la tache. « Il avait tapé mon chien. »

16

Le dernier verre

Marv surveillait la rue depuis sa voiture, qu'il avait garée sous le réverbère cassé, pour plus de discrétion. Il vit la fille sortir seule du bar et s'éloigner sur le trottoir.

Ça n'avait pas de sens : Deeds aurait déjà dû quitter l'établissement depuis au moins dix minutes. Marv vit soudain du mouvement près de la fenêtre sur laquelle était fixé le néon Pabst, qui s'éteignit. Mais, juste avant, il avait aperçu le haut d'une tête.

Bob. Seul Bob était assez grand pour que sa tête apparaisse à cette fenêtre. Eric Deeds aurait été obligé de prendre son élan pour atteindre la chaîne de l'interrupteur. Mais Bob, lui, était grand. Grand, gros et beaucoup, beaucoup plus malin qu'il ne le laissait transparaître la plupart du temps – tout à fait le genre à fourrer son pif bien intentionné dans les affaires des autres et à semer le bordel.

C'est ce qui s'est passé, Bob ? T'as foutu mon plan en l'air ? T'as bousillé ma seule chance de m'en tirer ?

Marv jeta un coup d'œil au sac posé sur le siège à côté de lui. Les billets d'avion émergeaient de la poche de devant comme pour le narguer.

Le mieux à faire, songea-t-il, serait sans doute de passer par-derrière pour voir ce qu'il en était. Oh, il le savait déjà, ce qu'il en était : Eric Deeds n'avait pas rempli sa part du contrat. Dix minutes plus tôt, dans un moment de panique, il l'avait appelé sur son portable, sans obtenir de réponse.

« Évidemment que t'as pas eu de réponse, dit une voix dans sa tête. Il est mort.

– Il n'est pas mort, objecta Marv. Cette époque-là est loin derrière nous.

– Pour toi, peut-être. Pour Bob, en revanche… »

Et merde. Marv décida d'aller se rendre compte par lui-même de la situation. Il enclencha la position Drive, et il relâchait la pédale d'accélérateur quand le Suburban noir de Chovka longea sa voiture, la camionnette blanche dans son sillage. Marv revint à la position Park, puis se laissa glisser sur son siège. Par-dessus le tableau de bord, il regarda Chovka, Anwar et plusieurs autres Tchétchènes descendre des véhicules. Tous, à l'exception de Chovka, transportaient des sacs de toile à roulettes. Même à cette distance, Marv voyait bien qu'ils étaient vides ; les hommes les balançaient négligemment en se dirigeant vers la porte. Anwar frappa, et ils restèrent là, à attendre en soufflant dans l'air de petits nuages de vapeur blanche. Enfin, la porte s'ouvrit, et ses acolytes laissèrent entrer Chovka le premier, avant de lui emboîter le pas.

Merde, pensa Marv. Merde merde et merde.

Il contempla une nouvelle fois les billets d'avion. Ça ne l'avancerait guère d'arriver à Bangkok le surlendemain sans un sou en poche... Au départ, il comptait emporter de quoi graisser suffisamment de pattes pour franchir la frontière du Cambodge, et ensuite descendre vers le sud du pays, où il se disait que personne ne penserait à le chercher. Il ne savait pas vraiment pourquoi il pensait que personne n'irait le chercher là-bas – juste que, s'il devait lui-même se lancer sur sa propre piste, le Sud du Cambodge serait l'un des derniers endroits au monde où il songerait à regarder. Le tout dernier, ce serait vraisemblablement un pays comme la Finlande ou la Mandchourie, où il faisait un froid de canard – et peut-être aurait-il été mieux inspiré de choisir un de ceux-là, mais il avait connu tellement d'hivers épouvantables en Nouvelle-Angleterre qu'il était presque certain que sa narine droite, et sa couille gauche, étaient définitivement HS pour cause d'engelures. Alors, pas question d'aller vivre dans une glacière.

Il tourna la tête vers le bar. Si Deeds était mort – et, à ce stade, c'était plus que probable –, alors Bob venait d'éviter à l'organisation de Chovka, comme à tous les syndicats de la ville, une perte de plusieurs millions de dollars. Plusieurs millions. Il allait passer pour un putain de héros. Qui sait s'ils ne lui refileraient pas une part du gâteau, en remerciement ? Chovka l'avait toujours bien aimé, parce que Bob était un vrai lèche-cul. Peut-être irait-il jusqu'à lui offrir cinq pour cent du magot, pourquoi pas ? De quoi assurer le voyage jusqu'au Cambodge, songea Marv.

Un changement de stratégie s'imposait donc : d'abord, attendre que les Tchétchènes aient foutu le camp ; ensuite, avoir une discussion avec Bob, entre quatre-z-yeux.

Fort de son nouveau plan, il se redressa légèrement sur son siège. En se disant qu'il aurait peut-être dû apprendre le thaï, ou du moins acheter un dictionnaire.

Mais peu importait. Il en trouverait sûrement un à l'aéroport.

Chovka, assis au bar, faisait défiler la liste des appels passés et reçus par Eric Deeds. Bob se tenait derrière le comptoir.

Soudain, Chovka lui tendit le téléphone pour

lui montrer sur l'écran le numéro d'un récent appel manqué.

« Tu connais ce numéro ? »

Bob hocha la tête.

Chovka soupira. « Je le connais moi aussi. »

Anwar déboucha de la réserve en tirant derrière lui un sac à roulettes.

« Il tient dedans ? demanda Chovka.

– On lui a cassé les jambes, répondit Anwar. Maintenant, il tient. »

Il alla déposer devant la porte le sac qui contenait Deeds, puis attendit.

Après avoir empoché le téléphone du mort, Chovka sortit le sien.

Les autres Tchétchènes reparurent à leur tour.

« On a planqué le fric dans les fûts, boss. Dakka il a dit qu'il serait là dans vingt minutes, avec le camion à bière. »

Chovka hocha la tête. Concentré sur son mobile, il tapait des textos aussi frénétiquement qu'une gamine de seize ans pendant la pause déjeuner. Quand il eut terminé, il rangea le téléphone et observa Bob un long, très long moment – au moins trois ou quatre minutes, qui parurent durer une éternité. Il n'y avait aucun mouvement dans le bar, ni aucun son, à l'exception du souffle des six hommes. Bob avait l'impression que le regard de Chovka voyait au-delà de ses yeux, sondait son cœur puis se mêlait à son sang pour voyager jusqu'à ses poumons, et ensuite jusqu'à son cerveau, où il s'invitait dans ses pensées et dans ses souvenirs, comme s'il visitait les pièces d'une maison peut-être déjà condamnée.

Pour finir, le Tchétchène plongea une main dans sa poche, d'où il tira une enveloppe qu'il posa sur le bar. D'un simple haussement de sourcils, il encouragea Bob à l'ouvrir.

Celui-ci s'exécuta. Elle contenait des billets pour le match des Celtics.

« C'est pas les meilleures places, mais c'est les miennes, et on voit bien quand même. »

Bob sentit son cœur se remettre à battre. Ses poumons s'emplirent d'oxygène. « Oh. Génial. Merci.

– Je t'en filerai d'autres la semaine prochaine. J'assiste pas à tous les matchs. Il y en a beaucoup, alors je peux pas les voir tous.

– Je comprends. »

Chovka lut un message sur son téléphone et commença à taper la réponse. « Faut que toi tu prévoies une heure pour y aller, et une heure pour revenir, à cause de la circulation.

– C'est vrai, ça roule mal, des fois, confirma Bob.

– Anwar, lui, il dit que ça roule bien.

– C'est pas comme à Londres », intervint l'intéressé.

Chovka en était toujours à son texto. « Y a rien qui est comme à Londres. Bon, toi tu me diras si ça t'a plu, Bob. Alors, lui il s'est juste pointé dans le bar, comme ça ? » Il glissa le mobile dans sa poche et leva les yeux.

Bob cilla. « Oui. Il est entré quand j'ai ouvert la porte à Millie.

– Il a brandi son flingue sous ton nez et toi t'as dit : "Ah non, chéri, pas ce soir" ?

– J'ai rien dit », répondit Bob.

Son interlocuteur fit semblant de presser la détente d'une arme. « Bien sûr que si. Toi t'as dit : "Pan !" » Il chercha de nouveau dans sa poche intérieure, d'où il sortit une autre enveloppe. Le rabat se souleva quand il la jeta sur le comptoir, révélant une épaisse liasse de billets. « Mon père, il veut que je te remette ça. La dernière fois que mon père, il a donné du pognon à quelqu'un, c'était… Bah, moi je sais même plus. Toi t'es un Umarov honoraire, maintenant, Bob. »

Rien d'autre ne vint à l'esprit de Bob que : « Merci ».

Chovka lui tapota la joue. « Dakka, il sera bientôt là. Bonne nuit.

– Bonne nuit, répliqua Bob. Merci. Bonne nuit. »

George ouvrit la porte, et Chovka sortit en allumant une cigarette. Anwar le suivit, tirant le sac rempli des restes de Deeds. Les roulettes accrochèrent la barre du seuil, puis les plaques de verglas sur le trottoir.

Qu'est-ce qu'ils foutaient encore ? Marv vit les Tchétchènes émerger du bar en traînant un seul sac à roulettes, apparemment si lourd qu'ils durent s'y mettre à deux pour le charger à l'arrière de la camionnette. Il était néanmoins surpris : un seul sac, c'était peu pour transporter tout ce fric.

Il baissa sa vitre quand ils eurent démarré, puis jeta sa cigarette sur la croûte de neige près de la borne d'incendie. Le mégot dévala le monticule durci, tomba du trottoir et grésilla en s'éteignant dans une flaque.

Ce serait encore un truc à faire une fois arrivé en Thaïlande : arrêter de fumer. Il avait assez donné. Il s'apprêtait à remonter sa vitre, lorsqu'il découvrit un homme posté près de la voiture.

Celui qui lui avait demandé la direction de l'hôpital quelques semaines plus tôt.

« Et merde », chuchota Marv au moment où l'inconnu lui tirait une balle dans le nez.

« Allez en paix pour aimer et servir le Seigneur. »

Le père Regan se signa, mettant ainsi un point final à l'ultime messe dite dans l'enceinte de Saint-Dom.

Les membres de l'assemblée se regardèrent – les derniers à s'accrocher, les pénitents, les fidèles d'entre les fidèles : Bob et Evandro Torres, la veuve Malone, Theresa Coe, le vieux Williams, ainsi qu'une poignée de personnes qui n'avaient pas mis les pieds à l'église depuis un bon bout de temps et qui avaient fait une apparition spéciale ce jour-là, en invités vedettes, pour le grand show final. Une même hébétude se lisait sur tous les visages, constata Bob. Ils savaient tous que l'inéluctable allait se produire, et pourtant, au fond, ils n'y avaient pas cru.

« Si, parmi vous, quelqu'un souhaite acheter des bancs avant qu'ils ne soient mis en dépôt-vente, appelez Bridie, au presbytère, qui sera ouvert pendant encore trois semaines, précisa le père Regan. Que Dieu vous bénisse tous. »

Personne ne bougea pendant une bonne minute. Puis la veuve Malone s'engagea dans la travée centrale d'un pas traînant, suivie par Torres. Les guest stars leur emboîtèrent le pas. Bob et le vieux Williams furent les derniers à partir. Devant le bénitier, Bob se signait une dernière fois à l'intérieur de ces murs, lorsqu'il croisa le regard du vieux Williams. Celui-ci sourit en hochant la tête à plusieurs reprises, mais sans dire un mot, et ils sortirent ensemble.

Sur le trottoir, Torres et Bob se retournèrent vers l'église.

« Vous l'avez défait quand, cette année, votre sapin ? lui demanda Bob.

– Le lendemain de Little Christmas. Et vous ?

– Pareil. »

Ils échangèrent un signe de tête, puis s'absorbèrent de nouveau dans la contemplation de l'édifice.

« C'est bien ce que j'avais dit, observa Torres.

– Comment ça ?

– C'est Milligan Development, un promoteur, qui a racheté l'église. Pour y aménager des apparts de luxe, Bob. Vous imaginez ? Tous ces profanes vivant derrière ces magnifiques vitraux, en train de siroter leur putain de café Starbucks et de parler de la foi qu'ils ont placée dans leur prof de Pilates… » Il adressa à Bob un petit sourire mélancolique, avant de hausser les épaules. Quelques instants plus tard, il demanda : « Vous aimiez votre père ? »

Bob scruta ses traits suffisamment longtemps pour acquérir la conviction qu'il ne plaisantait pas. « Énormément.

– Vous étiez proches ?

– Oui.

– Je l'étais aussi du mien. C'est pas souvent qu'on entend dire ça… » Torres leva de nouveau la tête. « C'était une belle église. Au fait, toutes mes condoléances pour votre cousin.

– Un car-jacking qui aurait mal tourné, à ce qu'on dit. »

Torres écarquilla les yeux. « C'était une exécution, Bob. À une centaine de mètres de votre bar. »

Pour toute réaction, Bob se borna à regarder la rue.

« Eric Deeds, reprit l'inspecteur. J'ai mentionné son nom devant vous, une fois.

– Je m'en souviens.

– Ah bon ? Ça ne vous disait rien, sur le moment.

– Je me souviens que vous avez mentionné son nom.

– Ah, d'accord. Il était dans votre bar le dimanche du Super Bowl. Vous l'avez aperçu ?

– Vous savez combien de personnes se trouvaient dans ce bar le dimanche du Super Bowl ?

– C'est la dernière fois qu'on l'a vu. Après ? Pouf ! Envolé. Comme Richie Whelan – ce qui peut paraître ironique, dans la mesure où Deeds était censé l'avoir liquidé. Les gens se font buter dans ce coin, ou s'évaporent sans laisser de traces, mais vous, vous ne voyez rien.

– Il va peut-être réapparaître un jour ?

– Si c'est le cas, ce sera probablement dans un service psychiatrique – où il était interné, soit dit en passant, le soir où Richie Whelan a disparu. »

Bob le dévisagea.

Torres hocha la tête à plusieurs reprises. « Vrai de vrai. Son associé m'a dit que Deeds s'était toujours attribué le meurtre de Whelan, parce que personne d'autre ne le revendiquait et qu'il pensait ainsi y gagner en crédit dans la rue. Sauf qu'il ne l'a pas tué.

– Est-ce qu'il va manquer à quelqu'un ? »

La question parut déconcerter Torres, qui finit cependant par sourire. « Qui ? Eric Deeds ?

– Oui.

– Non, je crois pas. La disparition de Whelan n'a pas dû faire beaucoup pleurer dans les chaumières non plus.

– Dites pas ça. Je le connaissais, Jours de Gloire. Il était pas méchant. Pas pour deux sous. »

Tous deux se turent, et le silence se prolongea entre eux, jusqu'au moment où Torres se pencha vers Bob : « On vous voit jamais venir, vous, hein ? »

Bob maintint une façade aussi lisse et transparente que la surface de Walden Pond. Il tendit la main à Torres, qui la serra. « Prenez soin de vous, inspecteur.

– Vous aussi. »

Il abandonna Torres en contemplation devant l'église, impuissant à changer le cours des événements.

Nadia passa le voir quelques jours plus tard, et ils partirent promener le chien. Lorsqu'il fut temps de rentrer, ils décidèrent d'aller chez elle plutôt que chez lui.

« Tu sais, je crois que rien n'arrive par hasard, déclara-t-elle quand ils furent à l'intérieur. Et même si ça veut dire que tu me tueras dès que je fermerai les yeux…

– Moi ? Quoi ? Non, protesta Bob. Non, jamais de la vie !

– … alors c'est pas grave. Parce que j'en ai assez de faire face toute seule. Je peux pas continuer comme ça.

– Moi non plus. » Il ferma les yeux. « Moi non plus. »

Ils gardèrent le silence pendant un long moment. Puis :

« Faut le ressortir.

– Hein ?

– Rocco. Il doit avoir envie ».

Bob rouvrit les yeux, puis contempla le plafond de la chambre. Nadia l'avait décoré de décalcomanies d'étoiles quand elle était gosse, et elles étaient toujours là.

« D'accord. Je vais chercher la laisse. »

Dans le parc, le ciel de février s'étendait au-dessus de leurs têtes. Si la glace s'était brisée sur le fleuve, de petits morceaux blancs s'accrochaient encore aux berges noires.

Bob ne savait plus trop quoi penser. Rocco marchait devant eux, tirant un peu sur sa laisse – si fier, si heureux, si différent de la petite boule de poils tremblante qu'il avait repêchée au fond d'une poubelle à peine deux mois plus tôt…

Deux mois ! Waouh. C'est fou ce que les choses peuvent changer vite. On se réveille un beau matin, et le monde entier est comme neuf. Il se tourne vers le soleil, s'étire et bâille. Puis il se tourne vers la nuit. Encore quelques heures, et il se tourne de nouveau vers le soleil. Un monde tout neuf, chaque jour.

Quand ils arrivèrent au milieu du parc, il détacha Rocco et sortit une balle de tennis de sa poche de manteau. Le chien dressa aussitôt la tête, haletant d'impatience, piétinant le sol de ses pattes de devant. À peine Bob l'eut-il lancée qu'il le vit détaler à sa poursuite. Il imagina la balle rebondissant malencontreusement sur la route, le brusque crissement des pneus, le choc du métal contre le corps de l'animal... Ou ce qui se passerait si Rocco, soudain libre, prenait la fuite.

Mais qu'y pouvait-il ?

On ne maîtrise jamais rien.

conception
réalisation
mise en page
pca
44405 Rezé cedex

Achevé d'imprimer en décembre 2015
sur les presses de Normandie Roto Impression s.a.s.
à Lonrai (Orne)
pour le compte des Éditions Payot & Rivages
18, rue Séguier – 75006 Paris
N° d'imprimeur : 1505448
Dépôt légal : décembre 2015

Imprimé en France

IMPRIM'VERT